SeR fELiZ É FáciL

Amigas para sempre

Volume 1 – *Como ficamos amigas*
Volume 2 – *Seja você mesma*
Volume 3 – *Ser feliz é fácil*

CaRe sAnToS

SeR fELiZ é FáCiL

Amigas para Sempre

Tradução de
MIGUEL BARBERO

EDITORA RECORD
RIO DE JANEIRO • SÃO PAULO

2007

CIP-Brasil. Catalogação-na-fonte
Sindicato Nacional dos Editores de Livros, RJ.

S234s   Santos, Care, 1970-
    Ser feliz é fácil / Care Santos; tradução de
Miguel Barbero. – Rio de Janeiro: Record, 2007.
    . – (Amigas para Sempre)

    Tradução de: Ser feliz es fácil
    ISBN 978-85-01-06865-1

    1. Literatura infanto-juvenil. I. Barbero,
Miguel. II. Título. II. Série.

06-3209
CDD – 028.5
CDU – 087.5

Título original em espanhol:
SER FELIZ ES FÁCIL

Copyright © 2003, Care Santos Torres
Publicado mediante acordo com Sandra Bruna Agència
Literària, S.L.

Projeto de capa, ilustrações e logo da série: Vinicius Vogel

Direitos exclusivos de publicação em língua portuguesa para o Brasil
adquiridos pela
EDITORA RECORD LTDA.
Rua Argentina 171 – Rio de Janeiro, RJ – 20921-380 – Tel.: 2585-2000
que se reserva a propriedade literária desta tradução

Impresso no Brasil

ISBN 978-85-01-06865-9

PEDIDOS PELO REEMBOLSO POSTAL
Caixa Postal 23.052
Rio de Janeiro, RJ – 20922-970

EDITORA AFILIADA

*Para Anali, a verdadeira,
a que nunca chegou a ser,
esteja onde estiver*

Sumário

Uma mancha verde no atlas do papai	9
Para que servem os vizinhos e as cebolas	25
O amor é melhor do que a dieta da alcachofra	43
O silêncio dos avoados	63
"*Yi jianjidàn*" significa "ovo frito"	81
É proibido desmaiar na província de Hubei	99
As avós não fazem essas coisas	117
A família feliz também é um prato chinês	133
Os verdadeiros magos não usam porcarias	149
Ser feliz é fácil	167

Uma mancha verde no atlas do papai

Meu nome é Anali, tenho 11 anos e duas amigas. Gosto de colares coloridos, de tomar sorvete e de descobrir lugares estranhos (conheço uns quantos). Também gosto de dançar, de dormir até muito tarde, de assistir a vários filmes seguidos e de Mike Pita (o cantor dos cachos). Detesto costurar e todas as atividades que se pareçam com esta, como fazer crochê. Não sei por que as pessoas acham que nós, meninas, devemos saber essas coisas. Algumas vezes, não muitas, me entedio e não sei o que fazer. Se tivesse um irmão, tudo seria diferente. Mas não tenho um irmão, e agora já acho que nunca terei.

Essa foi a melhor maneira que encontrei de começar o primeiro diário da minha vida, no mesmo dia em que o recebi de presente dos meus pais. Se vocês pensam que não é muito apropriada estão de acordo comigo.

Não, não, não. Isso não é jeito de começar um diário. A segunda tentativa foi mais ou menos assim:

Meu nome é Anali e sou chinesa. Quero dizer que nasci na China. Uma vez procurei o meu país no atlas de papai. Por curiosidade. Para saber onde ficava. Era como uma mancha verde sem nenhum formato concreto. Uma mancha em forma de mancha, muito longe, do outro lado do mundo. Pensam que é divertido ter nascido em um lugar sobre o qual a gente não sabe nada? Eu acho que é, sim. É um pouco estranho, reconheço, mas com o tempo você se acostuma. Como cheguei até aqui, a dez mil quilômetros de distância? Às vezes eu mesma me surpreendo com a quantidade de acasos que tiveram que acontecer para que hoje eu possa dizer isso. Primeiro foi preciso que me abandonassem, mas já vou contar isso. Também foi necessário que meus pais adotivos descobrissem que não podiam ter filhos. Costumam dizer que não chegaram a ser felizes de verdade e a esquecer tudo o que tinha acontecido até depois da minha chegada. Quando falam disso ainda me parece que ficam tristes. Existem pessoas que não podem ter filhos e não se importam muito com isso. Quero dizer, que sabem se resignar, ou assumir e pronto. É o caso de uns amigos do papai e da mamãe. Gostam muito um do outro, já viajaram o mundo todo e, agora que são velhos, decidiram deixar todo o seu dinheiro, sua casa e seus carros a umas freirazinhas dessas que só param de rezar de vez em quando para fazer uns doces gostosíssimos.

E também há os que são como os meus pais: otimistas e lutadores (de vez em quando um pouco louquinhos). Para eles, todo esse assunto da descendência era realmente importante. Os pobrezinhos tiveram que fazer um montão de coisas pesadas: papelada, esperas, entrevistas com psicólogos... tudo para conseguir afinal viajar até a China e me adotar. Conseguiram, claro, porque ninguém ganha dos obstinados. A primeira notícia que souberam de mim estava em uma ficha que vinha escrita em chinês. Era uma espécie de informe médico, no qual se dizia que eu estava sã e forte, e algumas outras coisas, como meu nome (o original), minha idade aproximada, meu tamanho e não sei o que mais. Mamãe sempre diz, no entanto, que a única coisa em que ela reparou foi no meu rosto (tinha também uma foto). E olha que eu parecia mais adoentada que qualquer coisa, além de entediada por estar ali esperando até que viessem me buscar.

Por enquanto, ainda não comecei a contar aquilo a que eu me propunha, o motivo pelo qual comecei o caderno. O que é certo é que desde muito cedo decidi não o chamar de diário, e sim de *O caderno dos momentos felizes*. Sim, isso soa muito bem. Escolhi esse título por vários motivos: primeiro, porque estava convencida de que, nas semanas seguintes, enquanto estivesse escrevendo meu caderno, iriam acontecer coisas muito interessantes e muito boas. Segundo, porque acredito que a felicidade não é tão complicada de se alcançar, ao contrário do que muita gente imagina. Só é preciso se propor a isso, e ser feliz não é tão difícil.

O que acham? Como começo de diário não está mal, não é verdade? E agora, sem mais preâmbulos, vou contar uma coisa que aconteceu uma tarde na minha casa (deveria dizer minha ex-casa, porque foi antes da mudança para o apartamento novo) e que me deixou atônita. Algo que meus pais estavam planejando fazia meses. Só eu não tinha idéia (nunca sei de nada, estou sempre avoada).

Eis que, de uma hora para outra, uns dias antes de nos mudarmos para o bairro novo, meus pais começam a fazer cara de quem quer falar sério (todas as que temos pais sabemos de que cara eu estou falando), se sentam muito formalmente e muito juntos no sofá, pedem que eu me coloque diante deles e dizem:

— Quando fomos buscar você na China, pensamos que, algum dia, quando você fosse suficientemente mais velha para aproveitar e entender, voltaríamos lá com você para que você conhecesse o seu país.

Aproveitei a pausa que fizeram para mostrar minha cara de curiosidade.

— Pois então, achamos que esse momento se aproxima. Se você quiser, é claro.

Não sei por quê, mas eles estavam com cara de assustados. Cara de terem tirado notas ruins e de estarem arrependidos. Não sei, uma cara muito estranha. E eu, na verdade, não sabia como responder àquilo que eles acabavam de me anunciar. Para ser sincera, sequer sabia se devia responder, nem se tinha entendido bem o que eles tentavam dizer.

— O que acha? — perguntou papai.

Reconheço. Eu estava um pouco nas nuvens.

— Bom — disse.

— Isso é tudo? Você não tem vontade de conhecer a China? — interveio mamãe.

Nesse momento, me dei conta de que tinha entendido bem. Propunham ir à China nas férias. Na verdade, não sou dessas meninas adotadas obcecadas por conhecer o lugar de onde saíram, mas devo admitir que viajar até o meu país é uma das coisas que eu mais desejava no mundo. As pessoas costumam pensar, quando digo isso, que eu morro de vontade de saber quem foram os meus pais. Meus pais biológicos, como diriam as chatas das assistentes sociais. Nada disso. O que eu queria era respirar o ar do meu país, ver onde estava quando eles me conheceram, saber como são as pessoas dali, comer a comida típica que todo mundo de lá come e passear por onde teria passeado todos os dias da minha vida se ninguém tivesse me adotado. Alguns podem pensar que é uma besteira. Para mim, não era de jeito nenhum.

Esclarecimento: sempre que falo dos "meus pais," refiro-me a Alonso e Helena, os únicos que conheci. Não são perfeitos, mas são os meus pais. E eu gosto deles. Em algum momento darei detalhes do que sei sobre os outros, sobre os que eu nunca tive. Sobre os que me abandonaram numa praça da minha cidade natal. Foi lá que me encontrou a anciã que me entregou às cuidadoras do orfanato.

Muitas vezes as pessoas querem saber se eu conservo alguma lembrança do meu país. A resposta é fácil, facílima: nenhuma. Zero. Nada de nada. Não acho estranho pois, quando me adotaram, eu só tinha um ano de idade. Bom, isso é o que imaginam, porque a data exata em que eu nasci ninguém conhecia. Minhas cuidadoras conseguiram adivinhá-la, mais ou menos, pelo meu tamanho e pela minha evolução, sempre com a ajuda dos médicos, mas certeza ninguém tinha. Disseram aos meus pais que eu havia nascido entre junho e julho, e eles escolheram a data que lhes pareceu mais bonita: 21 de junho, o dia mais comprido do ano (nesta parte do mundo, pelo menos), o dia em que começa o verão. Nada mal.

A única confusão se dá quando alguém pergunta qual é o meu signo do zodíaco. Costumo dizer que estou entre gêmeos e câncer. Isso não é muito bom, porque todo mundo diz que os de gêmeos têm duas caras, uma delas bastante inconsciente, e que os de câncer são instáveis e lunáticos, além de suscetíveis e narcisistas. Na verdade, não sei qual dos dois escolher. Tenho mais clareza quando dou bola ao horóscopo chinês, que divide os signos por anos, e não por meses. Segundo ele, eu nasci no ano da cabra. Já sei que não é muito elegante, mas o que se pode fazer? De acordo com o horóscopo chinês, as cabras são amáveis, carinhosas, apaixonadiças (parece meu retrato exato, por enquanto), mas também introvertidas, inseguras e pessimistas (e com isto não posso concordar de jeito nenhum). Acho que o que mais me convém é continuar com os pés no chão e não dar bola a qualquer tipo de horóscopo. Eu sou eu, digam o que disserem os astros, chineses ou não. E já chega.

Se vocês continuam a pensar que esta também não é uma maneira séria de começar um diário, o pensamento vem em boa hora, porque eu ainda arrisquei uma terceira tentativa, que dizia, mais ou menos:

Meu nome é Anali, tenho 11 anos e duas amigas. Nunca tinha escrito um diário antes.

— Vão acontecer coisas muito interessantes nas próximas semanas, filha, e estivemos pensando que talvez você gostasse de escrevê-las — disse mamãe, que nunca jamais escreveu um diário.

Referia-se à nossa viagem, é claro.

— Você vai ver que escrever é uma das melhores formas de descobrir coisas que você não sabia que sabia.

No começo, aquela frase de papai me pareceu absurda. Como ia descobrir sozinha coisas que não sabia? Por mais que pensasse, não encontrava nenhum sentido para ela, do mesmo jeito que não tem sentido rir sozinho de uma piada que você explicou para si mesmo. No entanto, com o tempo, eu perceberia que ele tinha razão. Talvez eu tivesse dito isso de outra maneira: ao escrever seus sentimentos, suas dúvidas ou suas experiências, você pode percebê-las de um jeito muito diferente de como você as percebe quando acontecem. Às vezes, ver as coisas de um jeito diferente faz descobrir aspectos que você não tinha visto antes, apesar de tê-los debaixo do nariz.

Notei que muita gente começa um diário quando pressente que vai acontecer alguma coisa importante: Marco Pólo, Cristóvão Colombo, Bridget Jones... Eu não vou ser diferente. O que acontece é que eu não conseguia esperar até o dia da viagem e decidi começar um pouco antes, no mesmo instante em que me deram o caderno.

"Assim vou treinando", pensei.

Depois daquelas (e de outras) tentativas, uma coisa ficou bem clara para mim: começar um diário, ainda que você não o chame assim, em um caderno lindo que acabam de lhe dar, é muito complicado. Você tem que sintetizar, selecionar, esclarecer suas idéias antes de colocá-las por escrito, e muitas coisas mais que vão surgindo. Você não pode esquecer nenhuma das cenas importantes, mas também não pode se estender muito em cada uma, ou tudo fica muito tedioso. É preciso saber escolher as palavras, mas também as experiências, e nenhuma das duas coisas é fácil. E vejam que eu nunca penso que alguém poderia ler meu diário, porque acho que não seria capaz de deixar que ninguém o fizesse. Em parte, porque o que eu conto é meu, e não quero compartilhá-lo com ninguém, ainda que vocês pensem que sou uma antipática (o que não é verdade). Mas, principalmente, porque me daria vergonha que alguém descobrisse algum erro de ortografia, ou alguma palavra mal empregada. Por isso, prefiro voltar a escrever a história com a ajuda do computador e de certos programas de correção ortográfica e de estilo. Mesmo que, para fazer isso, eu me valha de tudo o que anotei no meu diário não faz muito tempo. Ufa, agora parece que passou uma eternidade.

Vocês sabem, meninas? Um caderno é como a vida. No começo, todos são iguais. Não há cadernos ruins ou vidas ruins. Também não há cadernos bons e vidas boas. Tudo depende de você, das palavras que você escolhe para enchê-los e também da ordem em que as coisas são contadas. Agora mesmo tenho tanta coisa para contar que estou fazendo uma confusão. Vou ter que ir devagar e não me atordoar, senão vai sair a história mais embaralhada que vocês já leram. E, mesmo sendo bastante desorganizada (reconheço), vou cuidar para que isso não fique tão evidente.

Acho que já falei a vocês sobre as minhas amigas. Elas se chamam Júlia e Lisa e, ainda que sejam muito diferentes, gosto muito das duas. Júlia é um pouco rabugenta, gosta de uma música estranhíssima que não se vende nas lojas de discos normais, tem uma avó alucinante, que acaba de arranjar um namorado, e está um pouco apaixonada (mas só um pouco, ei, porque se ela lesse isto me mataria) pelo irmão de Lisa. Lisa gosta de cerâmica e de gatos, mas é tão bonita que a mãe dela a levou já de pequenininha a uma agência de publicidade e desde então ela já fez um monte de propagandas na televisão, ainda que agora tenha parado. No último comercial também aparecemos Júlia e eu; foi muito divertido e um pouco inacreditável, mas essa é uma história que cabe a outra pessoa contar.

É ótimo ter Lisa como amiga, porque todos os meninos prestam atenção nela e, como ela não dá bola para nenhum (bom, para um sim, vocês já vão descobrir), eles não têm outro remédio a não ser reparar nas amigas feinhas dela. Uma moleza.

Não é que eu seja feia, acho que o que sou é insignificante. Sou, como todos os chineses que conheço, baixinha e de cabelo preto e liso, é claro, um nojo. Também sou o que as pessoas costumam chamar de "exótica". Ou seja, não era igual a ninguém. Ter os olhos puxados e a pele de uma tonalidade ligeiramente diferente à da maioria dos cidadãos tem os seus momentos divertidos. Existem aqueles que, assim que me conhecem, falam comigo em inglês. Também tem gente que imagina que, por eu ter olhos puxados, tenho que saber falar chinês melhor do que Li Po. (Esclarecimento: Li Po é um poeta chinês de sabe-se lá que ano remoto que teve uma vida horrível e que — talvez por isso — gostava de beber sozinho à luz da lua.)

Então eu vou e solto:

— Me trouxeram com um ano e eu ainda não sabia falar.

Isso deixa as pessoas momentaneamente sem palavras. Mas em seguida elas recuperam o fôlego para perguntar:

— E você não lembra de nada?

— Não — respondo. — E você? Você lembra de quando nasceu o seu primeiro dente?

Alguns não entendem nem essa nem outras das minhas brincadeiras. Dá no mesmo, isso é problema deles, mesmo que às vezes minha mãe não pense assim.

Ser chinês tem suas vantagens. Às vezes vamos a um restaurante de comida chinesa e os garçons sorriem para mim o tempo todo, ou me perguntam coisas do tipo:

— E você, de onde é?

Então eu respondo:

— De Xian.

Os mais cultos respondem dando alguma referência. Por exemplo:

— Ah, uma cidade milenar...

Outra possibilidade:

— Que impressionantes aqueles guerreiros.

(Já lhes contarei que história é essa dos guerreiros de Xian. Só adianto que aqueles que dizem "é impressionante" não estão nem um pouco enganados, e isso que, para mim, qualquer coisa que tenha o cheiro de História entedia mais do que tudo, e ver museus me deixa enjoada.)

Os que não estão tão bem informados, ou simplesmente não têm nem idéia da localização das cidades do país onde nasceram, dão de ombros e dizem:

— Eu sou de Pequim.

E vão embora com a música (e o sorriso um pouco triste).

Também há aqueles que confundem tudo e não sabem como um vietnamita se diferencia de um coreano, um japonês de um tailandês, o karatê do taekwondo ou o sushi do chop-suei. Costumam ser muito divertidos, porque pensam que a Ásia é uma coisa que pode ser explicada com três idéias tiradas de um filme do Bruce Lee e por isso falam besteira o tempo todo. São mais numerosos do que a gente pensa, e tiram meu pai do sério. Para mim, tanto faz. Eu levo na brincadeira. Não porque eu fique sempre indiferente, mas porque sou uma pessoa otimista. Isso significa que tento ver sempre o lado bom das coisas. E também, é claro, das pessoas.

Gostaria de explicar minha teoria sobre as pessoas. Penso que elas se dividem em três categorias: as que não têm cura, as que ainda têm cura e as que não precisam de nenhuma cura. Ao primeiro grupo pertencem os egoístas, pessoas que só se importam consigo mesmas. É fácil reconhecê-las porque jamais se preocupam com ninguém e porque costumam ser desagradáveis, ou fogladas, ou presunçosas ou de tudo um pouco. A segunda categoria é formada pelas pessoas que de vez em quando nos fazem sofrer, mas que no fundo não querem fazer isso, e até sofrem por tê-lo feito. Os da última categoria são os que valem a pena de verdade. São alegres, solidários, amáveis. O único problema é que são muito poucos. Por isso, quando se encontra um, não se pode deixar escapar. A avó de Júlia (Teresa) e o namorado dela (Salvador) pertencem a esta terceira categoria.

Lembro muito bem uma dúvida que tive na primeira vez que mencionei Teresa e Salvador no meu novo diário. Tinha escrito algumas linhas em que os descrevia e de repente fiquei pensando numa coisa. Anotei, para não esquecer de pensar com mais calma: mesmo tendo ela 60 anos a mais, posso dizer que Teresa e eu somos amigas? Ufa, 60 anos é muito tempo. Não tinha pensado nisso até agora. Cheguei à conclusão (sozinha) de que gostaria de ser como ela quando tiver 75 anos. É uma pessoa ótima, sempre disposta a fazer coisas por você ou a convidá-lo a tomar um lanche na casa dela. Quando escrevi tudo isso no meu caderno, descobri que Teresa é mais minha amiga do que muitas pessoas da minha idade que eu conheço. Também descobri o que papai tinha querido dizer com aquela história de que eu ia aprender coisas que eu não sabia que sabia.

Olha, pelo menos dessa vez, meu pai não estava errado.

Para que servem os vizinhos e as cebolas

Vou fazer uma confissão. Espero que ninguém ria. É uma coisa que me dá muita vergonha, mas que já não me importo em contar porque estou começando a superar: até pouco tempo atrás, gostava do Mike Pita. Sim, sim, o cantor do cabelo dos cachinhos em espiral. Quando digo que gostava, esclareço, não quero dizer que gostasse da sua música, das suas letras, da sua forma de dançar ou do seu estilão. Tudo isso também, mas o que quero dizer é que até bem pouco tempo atrás gostava dele, dele em pessoa, em corpo e alma, tudo o que fazia, dizia ou tocava. Eu o via em qualquer programa de televisão, por mais besta que fosse, e meu coração já batia a mil por hora. Comprava qualquer coisa em que ele aparecesse, lia reportagens sobre ele com toda a atenção e até cheguei a lhe escrever uma carta. Menos mal que nessa época ainda não tinha nenhum caderno para anotar as minhas impressões, porque com certeza teria escrito nele muitas idiotices. Em resumo: estava a fim de alguém que eu não conhecia senão por fotos ou pela televisão.

Alguém riu? Pergunto porque existem muitas pessoas como eu, e pode acontecer com qualquer um. Não sou a primeira nem a última que se apaixona por um cantor da moda. Eu, além do mais, como sou crédula, avoada e um pouco boba, acreditava em tudo o que as revistas diziam sobre o meu ídolo. Absolutamente tudo. Quando arranjou uma namorada senti um enorme desgosto e quando ele foi morar com ela quase tive um piripaque. Se eu soubesse tinha lançado um mal-olhado naquela idiota. Logo fiquei sabendo que essas coisas às vezes são mentira, invenções das gravadoras para criar polêmica em torno da sua última produção e assim conseguir vender mais discos. Isso me tranqüilizou um pouco.

Por sorte, as coisas mudaram logo, por culpa de Júlia, primeiro, e de Lisa, depois. Caso vocês não saibam nada do assunto, aqui lhes conto.

Júlia foi a primeira a perceber o que estava acontecendo comigo. Foi uma tarde em que ela entrou no meu quarto. Eu estava estudando (lembro muito bem que tinha uma prova de matemática no dia seguinte), não a escutei chegando e por um longo tempo nem percebi que ela estava ali, de pé na porta. Ela vinha fazer as pazes, mas nesse momento o que ela mais reparou foi na quantidade de fotos do Mike Pita que tinha em tão pouco espaço. Acho que não foi difícil, tendo visto aquilo, adivinhar que o meu interesse pelo Pita superava o aspecto estritamente musical. Ela detestava o meu ídolo e se permitia o luxo de chamá-lo de desgraça da música moderna e outras coisas ainda piores, mas isso não foi impedimento para que acertássemos as nossas diferenças ainda naquela noite.

Nossa bronca (ou talvez seria melhor dizer a bronca dela) também começou por um assunto relacionado com a música. Logo que a conheci, enquanto satisfazia a minha curiosidade por sua coleção de CDs, um escapou da minha mão e saiu voando pelo terraço. Eu não achei que fosse para tanto, mas ela pensava diferente e deixou isso bem claro: ao que parece, era o disco mais raro da coleção dela e, além do mais, o seu favorito. Eu nunca teria ficado tão furiosa por causa de um CD despedaçado (nem mesmo se fosse do Pita), mas o caso dela foi o cúmulo: demorou muito a me perdoar e teve que acontecer muita coisa antes que, naquela tarde, ela entrasse no meu quarto e me pedisse desculpas por ter sido tão desagradável comigo. Apesar de tudo, foi uma iniciativa dela e eu agradeci muito. Nem todo mundo consegue pedir desculpas quando erra e as pessoas que sabem fazer isso com certeza merecem perdão. Eu a desculpei de imediato, é lógico. Foi o começo da nossa amizade.

Com Lisa foi tudo mais fácil. Eu a reconheci rapidinho (naquele momento, ela aparecia na TV constantemente anunciando uma marca de iogurte e um disco da moda), mas não disse nada. Pensei: uma pessoa que aparece na TV deve estar farta de que todo mundo lhe diga que a reconhece porque a viu na televisão. Não estava nem um pouco enganada. Na primeira tarde em que fomos dar uma volta, conversamos sobre um monte de coisas (algumas irrelevantes) e acabamos comendo chocolate. Todo o mundo olhava muito para Lisa. Alguns ameaçavam cumprimentá-la e mudavam de idéia na última hora. Outros sorriam como se tivessem ficado bobos ao vê-la. Ela fingia não ver ninguém, mas eu percebia que aquelas pessoas a incomodavam muito. Queria perguntar por que fazia propagandas se aceitava tão mal a popularidade, mas preferi esperar até que ela mesma resolvesse me contar.

Lisa sempre se preocupa muito em não engordar, mas naquela tarde abriu uma exceção (ainda bem, porque comer chocolate sozinha é muito triste). Eu não me preocupo com a gordura. Se tivesse a oportunidade de mudar alguma coisa no meu corpo, escolheria ser loira. Também gostaria de crescer alguns centímetros. Não muitos, cinco ou seis seriam suficientes. O resto pode ficar como está. Apesar de que, pensando bem, seria um pouco estranho me ver como uma menina loira e alta. Melhor ficar assim mesmo, que também não estou tão mal. Sei que não sou grande coisa, mas as roupas costumam me cair bem, sempre encontro as do meu tamanho, e sei que existem meninos que gostam das meninas magricelas e simpáticas. Eles são a minha esperança. De qualquer jeito, também não gosto muito dos meninos que ficam loucos pelas modelos espetaculares. No dia em que eu encontrar algum interessante que goste de mim, não vou deixar escapar, afinal, vai saber se não será o último que resta! Mas acho que estou fugindo do assunto.

Eu estava falando do Mike Pita. Às vezes as pessoas não são como parecem. Não só as pessoas que aparecem na TV. Escrevi no meu caderno antes e continuo pensando uma coisa: aparecer na televisão amolece o cérebro de todas as pessoas que eu conheço, à exceção de Lisa. Ela até parece que ficou mais esperta por ter aparecido na TV.

Mike Pita, em compensação, é dos que andam por aí com o cérebro amolecido. Vocês não vão acreditar, mas, nas últimas festas do bairro, Pita tocou aqui. E quem foi que o cumprimentou depois do show? Claro: as Supermeninas. Ou seja, Lisa, Júlia e eu. Por pouco eu não desmaio, não tenho por que negar isso. Lembro que, na emoção do momento, ele me pareceu muito mais bonito em pessoa do que naquelas fotos com que eu estava tão acostumada a vê-lo. Também me pareceu simpático, alegre e até modesto. Para minha sorte, essas impressões não duraram muito. Só até a hora em que escrevi aquela carta. Fico feliz de ter feito isso: se é preciso sofrer uma desilusão, melhor que seja logo.

Eu ainda não disse que conheci as minhas amigas depois de a gente se mudar. Meus pais já vinham falando há muito tempo sobre mudar de casa. A primeira coisa em que pensaram foi em comprar e reformar uma dessas casas rurais antigas — essas que sempre estão a uns mil quilômetros do lugar civilizado mais próximo.

— Poderíamos pedir um empréstimo. Com ele e com as economias que temos, deixaríamos a casa do nosso jeito. Ficaria um lugar maravilhoso.

"Maravilhoso", repetia eu, cruzando os dedos para que aquela loucura saísse da cabeça deles. Uma vez me perguntaram o que eu achava:

— Acho que no campo há bichos demais — disse eu.

— Mas os bichos são bons — disse mamãe, quase cantando, sorrindo muito.

— Eu não estava pensando em comê-los — respondi.

Papai se fez de engraçado. É a sua especialidade:

— Certamente que os bichos também não gostam de você — disse.

Eu percebi que, se continuasse por aquele caminho, a gente acabaria mesmo indo morar no campo, a mil quilômetros do lugar civilizado mais próximo. Já me via todos os dias percorrendo uma distância enorme para ir à escola. Também me via à tarde, escutando as músicas do Pita num daqueles longos silêncios só interrompidos de vez em quando por algum grilo, alguma galinha perdida ou alguma ovelha. Que futuro mais horroroso.

— Além do mais, no campo não tem ninguém — acrescentei —, e eu não tenho vontade de crescer num lugar onde não tem ninguém.

Mamãe pareceu ficar pensativa. De noite, quando já estava todo mundo deitado, escutei que ela dizia a papai:

— Talvez fosse melhor para a menina ficar na cidade. Ela não encontrará muita gente da sua idade em um lugar tão afastado.

Eureca! Mamãe estava de acordo comigo. Eu reconheço: joguei um pouco sujo. Sei que mamãe é especialmente sensível à solidão da infância. Ela teve uma meninice chatíssima, sem ninguém com quem brincar, num mundo de pessoas adultas que se esqueciam constantemente dela. Alguma vez, uma parte do seu cérebro prometeu à outra parte que não aconteceria a mesma coisa com os seus filhos. Eu sabia que esse assunto a deixaria comovida. (Isso é ser pérfido? Júlia me disse isso, quando eu lhe contei a história. Disse:

"Que pérfida".) Estou convencida de que uma das obrigações dos filhos (que, além do mais, traz grandes vantagens) consiste em conhecer bem os seus pais. Se houvesse cursos sobre isso, o poder do mundo estaria nas mãos das crianças.

Poucos dias depois, meus pais começaram a falar de um bairro tranqüilo, com história, no auge da moda e não sei quantas coisas mais. De repente, um dia me trouxeram para cá, para o nosso terreno atual, só que naquele momento precisava de muita imaginação para ver um lar naquele amontoado de tijolos, cimento, ferro e pedreiros vestidos de camiseta. Perguntaram-me se eu tinha gostado e se pensava que ia me sentir bem aqui. Fiquei muito feliz em saber que contavam com a minha opinião. Além do mais, adorei o lugar e a casa nova mesmo antes de conhecer qualquer pessoa. E o bairro, mais ainda.

Júlia e Lisa são minhas vizinhas. Júlia mora no andar de cima e, diferentemente de mim, ela odeia este bairro e este prédio, algum dia talvez lhes conte por quê. Quanto a Lisa, na verdade não mora aqui, mas passa muito tempo na casa de seu irmão Arturo, que mora na cobertura. Para os que não sabem, ele é o menino de quem Júlia gosta. Agora já se tranqüilizaram as coisas entre eles, mas no começo não podia ser pior. Se davam tão mal que às vezes não consigo entender o que aconteceu para que tudo se acertasse.

As únicas que se deram bem desde o começo foram a minha mãe e a mãe de Júlia. É uma dessas relações baseadas na solidariedade e na fofoca que sempre funcionam. Mamãe acredita que é muito útil ser amigo dos vizinhos, principalmente dos vizinhos que já moram há bastante tempo no lugar, porque podem ajudar-nos se precisarmos e conseguem nos manter muito bem a par das coisas que acontecem no bairro (e que, portanto, já nos afetam). A mãe de Júlia, por sua vez, não impôs nenhuma resistência à aproximação amistosa de mamãe, que, quando quer ser encantadora, é capaz de bater o recorde olímpico de encanto. Só foram necessários alguns dias para que se tornassem íntimas e compartilhassem um montão de coisas. Iam juntas às compras, à praia, tomar um café, ao teatro e até ao médico. De manhã saíam muito juntas com seus carrinhos de compras e seus moedeiros quadriculados. Emprestavam dinheiro uma para outra se uma delas tinha calculado mal, intercambiavam receitas de verdura ou peixe dessas que as donas de casa chamam de "imaginativas" e que costumam ser tão ruins quanto todas as outras, e até saíam descobrindo novas lojas. O grau de proximidade delas chegou a tal ponto que começaram até a cozinhar a mesma coisa. Se Júlia dizia:

— Minha mãe disse que amanhã vai cozinhar um macarrão novo.

O mais provável era que na minha casa também tivesse macarrão novo. O que é certo é que a receita do tal macarrão elas conseguiam com uma verdureira que a mãe de Júlia conhecia há anos. Quando o macarrão já estava no prato, a ponto de ser devorado, parecia macarrão com tomate e bacon daqueles mais comuns (que nojo, diria Júlia, que é vegetariana apesar de sua mãe se empenhar em não acreditar nela). No entanto, o nome completo do macarrão, sempre de acordo com a receita da verdureira, era *Macarrão do qual se joga fora a cebola*. Sim, sim, que ninguém ache estranho. O primeiro passo da nova receita consistia em fritar uma cebola em azeite abundante, separá-la e jogá-la no lixo. No azeite restante, se afogava (ou refogava, nunca sei qual a diferença entre essas duas palavras) o macarrão. Que pena para a cebola, não é?

— É uma idiotice — dizia Júlia, que sempre vê as coisas pelo lado ruim —, se não vão usar a cebola, para que a fritam?

Eu, em compensação, via tudo isso de um jeito muito diferente:

— É melhor que joguem fora — opinava eu, enquanto Júlia não disfarçava uma ponta de nojo —, você consegue imaginar como ficaria esse macarrão com cebola?

— Minha mãe não joga fora — confessou —, ela guarda e à noite joga a cebola na torta de batata. Puá!

"Qualquer dia minha mãe vai começar a fazer igual", disse a mim mesma. Tudo era questão de tempo. E prefiro não contar a vocês o que elas descobriram que podiam fazer com a pescada, o peixe-galo e o salmão, porque vocês teriam vontade de vomitar. Se ninguém gosta de peixe, porque não o deixam no mar, nadando feliz e fugindo dos predadores que gostam de peixe? Nunca vou conseguir entender.

Havia outra coisa que nossas mães gostavam de fazer juntas: freqüentar liquidações. Descobriram isso nas primeiras conversas entre si: as duas eram obcecadas por descontos, promoções, o "pague-um-leve-dois" (ou melhor ainda: o "pague-dois-leve-três"). Minha mãe é dessas que, no primeiro dia de uma liquidação, faz fila na porta das lojas para ser a primeiríssima a entrar quando abrem as portas. Até houve um ano em que ela saiu na TV, junto com outros membros desse rebanho risonho e treslocado que invade as lojas na primeira hora de cada 1º de julho ou de cada 8 de janeiro.

Naquele ano, é lógico, foram às liquidações de verão. E a partir desse momento não houve liquidação de inverno ou de verão em que elas não tivessem ido juntas. Se tivesse liquidação de outono ou de primavera elas também não as perderiam, assim como não perdem nenhuma oferta especial, nem uma semana de descontos, nem uma superpromoção "três-por-dois" nem nada de nada. Às vezes me pergunto se toda essa mania de ofertas não é um vício estranho que precisa de um processo de desintoxicação ou de uma campanha publicitária com cenas terríveis, dessas que de vez em quando o ministério da vez organiza na TV. Como se poderiam chamar as viciadas em compras com desconto? Liquidomaníacas. Ofertomaníacas.

Como todo mundo sabe, uma amiga não serve só para ir com a gente a liquidações ou ao supermercado. Uma amiga, quando verdadeira, ajuda-nos nos momentos mais difíceis. A amizade da minha mãe e da mãe de Júlia foi posta à prova muito rápido, quando uma das duas passou por maus momentos e a outra esteve ao lado dela para consolá-la.

Tudo começou numa tarde. De repente, aparece em casa a mãe de Júlia com um pacote de lenços descartáveis na mão e cara de quem descascou, picou, fritou e jogou fora muitas cebolas. O que estava acontecendo com ela? Vocês se surpreenderão, mas é melhor deixar que ela mesma diga:

— Minha mãe arranjou um namorado — disse.

Não, não tínhamos escutado mal. A mãe dela, a avó de Júlia, uma senhora de 75 anos de muita simpatia, tinha arranjado um namorado mais jovem do que ela e, além do mais, romeno. Caso alguém não conheça este detalhe, a Romênia é o país do Conde Drácula.

"Bom, o amor não tem idade", pensei eu, que uma vez achei que tinha me apaixonado por um menino do segundo ano (que ninguém se assuste: foi falso alarme). Por uma dessas coincidências tão pouco casuais que a vida tem, escutei a minha mãe dizer:

— Bom, mulher, o amor não tem idade.

— Mas é que ela é viúva... — dizia ela, assoando o nariz.

— Pior seria se fosse casada — respondeu a minha mãe, que sempre foi muito prática.

É preciso reconhecer que ela tinha razão, ainda que a mãe de Júlia, naquele momento, não conseguisse ver da mesma forma. De repente começou a desabar em pranto, ao mesmo tempo que dizia:

— O que diria o meu pai se a visse?

A verdade é que a conversa era um pouco absurda. Porque, ou estou fazendo uma confusão, ou, se o avô de Júlia estivesse vivo, não aconteceria uma conversa sobre o namorado da avó, não é? Tudo isso parece muito complicado, mas no fundo é bastante simples. Basta a gente se colocar um pouco na situação de Teresa, viúva há vinte anos, apesar de a filha dela falar como se o pai estivesse morto fizesse uma semana. É o que lhes digo: totalmente absurdo. Eu sei que os desgostos alheios, quando são de verdade, devem ser levados muito a sério, mas aquilo parecia um filme de comédia. Mamãe preparou um chá para sua vizinha, suponho que prevendo que aquela conversa seria longa e difícil, sentou-se na frente dela na mesa da cozinha e virou para mim, dizendo:

— Você não tem que estudar, Anali?

Entendi no ato que eu estava sobrando ali. Foi uma pena porque eu teria gostado de saber dos detalhes do drama, mas tive que acatar as ordens maternas sem reclamar. É o que costumo fazer: quando me dão uma ordem com essas características, clara e concisa, não discuto. Faz muito tempo que eu descobri que é inútil, além de cansativo. Esse é um dos muitos truques para ser feliz. Recomendo a vocês.

Foi Júlia quem me pôs a par do resto do assunto:

— Minha avó foi embora muito magoada porque a minha mãe nem quis lhe dirigir a palavra. O meu pai tentou defender a minha avó e também acabou levando uma bronca.

— Mas o que tem de errado no fato de a sua avó ter um namorado? — perguntei eu, que não conseguia me livrar do assombro.

— Não sei. Minha mãe a trata como se de repente não fosse mais a mãe dela, e sim a filha — explicou Júlia.

Na China, não tratam os velhos como se fossem bobos. Disso gosto muito no meu país, embora ainda não tenha chegado a essa parte do relato. Os ocidentais deveriam aprender algumas coisas com os orientais. O respeito pelas pessoas mais velhas é uma delas. Quando eu for velha, não vou tolerar que ninguém me trate de um jeito que eu não goste. E se, ainda assim, algum dos meus filhos fizer isso, eu o deserdarei, como dizem nos filmes.

— E como é o namorado da sua avó? — perguntei.

Júlia deu de ombros. Ela também queria saber. Por isso a gente organizou uma expedição para visitá-los. Naquele momento, não podia imaginar que aquilo fosse acabar mal, que iriam descobrir e que Júlia ainda teria que enfrentar um belo castigo. Qualquer dia a gente conta isso para vocês.

Gostei de Salvador tão logo o conheci. Ele é daqueles que levam a vida com alegria, como eu. Sofreu um bocado até conseguir sair do seu país (os que mandam ali não pensam muito nas necessidades das pessoas, acho) e se estabelecer no nosso junto com o seu filho, que já morava há alguns anos por aqui, dedicado à sua pequena empresa de informática. Salvador também era viúvo quando conheceu Teresa, só que a mulher dele havia morrido muitos anos antes, ao dar à luz o filho deles. Apesar disso, Salvador nunca mais se casou e viveu dedicado à sua família (três filhos, pais, avós, irmãos, cunhados, tios, primos e não sei quantas pessoas mais) durante muitos anos. Acho que ele merecia bastante conhecer alguém interessante com quem pudesse começar a ver a vida de outro jeito.

O início do namoro deles foi mais ou menos rápido, como costuma ser com um casal moderno e decidido de 75 anos que sabe o que quer. A surpresa mesmo veio com uma notícia-bomba. Bomba? Mais que isso: totalmente revolucionária. De dar arrepios, no bom sentido. Sensacional: Teresa e Salvador iam casar-se. A reação da mãe de Júlia foi um pouco mais moderada desta vez, ainda que ela tenha acabado de novo na cozinha da minha casa assoando o nariz e tomando chá, enquanto dizia:

— O problema é que esse homem vai ser meu padrasto. Isso soa muito mal.

Dessa vez, eu estava no meu quarto, dando uma olhada num catálogo da agência de viagens sobre a China. Tinha muitas fotos, todas lindas. A verdade é que nesse ponto a mãe de Júlia tinha razão: "padrasto" soava muito mal.

"Vai ter que chamá-lo de pai e pronto", pensei. E de novo a coincidência:

— Então você o chama de pai e está tudo certo — resolveu a mamãe.

E olha que sou adotada! Se eu fosse a sua filha biológica, seria um clone da minha mãe.

— Nunca vou conseguir chamá-lo de pai. Pai só se tem um e o meu já morreu — repetia a mãe de Júlia, que pertence a essa parte da população que, quando vê as coisas pelo lado ruim, não tem ninguém que consiga fazer mudar de idéia.

— Calma, mulher. Você vai ver como tudo se ajeita — respondia mamãe.

E eu, que a conheço muito bem e que estava ouvindo a conversa no corredor (enquanto segurava a respiração para que não me descobrissem), disse a mim mesma: "A paciência de mamãe já está esgotando."

Nesse momento, perdi o interesse por tudo o que estava acontecendo na cozinha. Acabava de abrir as páginas centrais do catálogo da agência: uma foto enorme da Grande Muralha. Por pouco não me esqueço de respirar. Que maravilha. De uma coisa não me esqueci. Assim que pude, naquela mesma noite, disse aos meus pais:

— Eu quero ir até a Grande Muralha.

— Mas claro que iremos, sua tonta. Se não seria como ir a Pisa e não ver a Torre.

Onde fica Pisa? Que torre se deve ver lá? Meu atlas, desta vez, não satisfez as minhas dúvidas.

O amor é melhor do que a dieta da alcachofra

Proponho um jogo: entrem num site de busca da internet e teclem a palavra "alcachofra". Vocês encontrarão um monte de informação inútil sobre essa planta lamentável, que minha mãe me obriga a comer todos os anos quando é estação. A *Cynara scolymus*, chamada pelos árabes de "alcachofra" (que significa "espinho da terra"), é uma grande planta que possui enormes propriedades medicinais (e que é horrível). Faz bem ao fígado e aos rins e tem todas as vitaminas do alfabeto (se você não morre de nojo quando come, é claro). A alcachofra é consumida no nosso país há mais de dois mil anos. Algumas cidades, inclusive, em agradecimento a essa planta tão simpática, a colocaram em seus escudos (que mau-gosto), e até existem lugares que organizam congressos anuais dedicados à alcachofra. Até teve um poeta que dedicou a ela uma ode, a "Ode à alcachofra", mas aí já é para incomodar. Uma das vantagens dessa verdura abominável é a enorme variedade de receitas que podem ser preparadas com ela: alcachofra com mariscos, com presunto, com cordeiro, empanada, na chapa, recheada, no forno, na caçarola, douradas, fervidas... Isso faz com que, para aprender todas essas receitas, sejam organizados cursos na Associação de Vizinhos. Algumas donas de casa, dispostas a chatear a vida da sua família, se matriculam neles e aprendem tudo, alunas aplicadas que são. Minha mãe e a mãe de Júlia se matricularam num desses cursos. Quase ao mesmo tempo, então, Júlia e eu começamos a pensar em fundar uma Associação de Vítimas da Alcachofra e dos cursos de culinária dedicados a um só tema.

Um dia resolvemos contar para Lisa nosso ódio em relação à *Cynara scolymus*. Surpresa:

— Eu adoro alcachofra. Vocês não conhecem a dieta da alcachofra? É ótima para emagrecer em pouco tempo.

— E para morrer de nojo — observei.

— Eu gosto, não sei por que vocês têm tanta raiva — respondeu ela, dando de ombros.

Como se vê, tem gosto para tudo. No ano passado, tinha uma menina na minha classe que se apaixonou pelo ser mais chato da galáxia, ou pelo menos era isso que ela dizia. Chamava-se Verônica. O nome do chato era Gus, um cerebrozinho de óculos e cabelo arrepiado que se sentava por vontade própria na primeira fila e sempre levantava o braço para fazer perguntas aos professores. Até tentaram fazê-lo pular de ano, mas logo o devolveram à nossa série porque ele estava com problemas de adaptação ao grupo. Coitado do Gus, acho que ele ficou um pouco desmoralizado com essa história. Teve que continuar agüentando os mesmos colegas bobos de sempre, que, além de tudo, agora o metralhavam com perguntas sobre como eram os mais velhos. Que Gus era inteligente ninguém podia negar. Assim como todos viam que era um pouco abobado.

No ano seguinte, a Verônica tinha desaparecido do colégio. Os pais dela tinham mudado de cidade, acho. E Gus, por mágica ou porque tinha mesmo que ser assim, se apaixonou por mim. O mundo às vezes fica louco, as coisas acontecem sem nenhum sentido e só complicam a vida de toda gente. Aqui tenho um exemplo: no segundo dia de aula, quando já estava indo embora para casa, pensando na viagem para a China e também em ver as minhas amigas, Gus se aproxima e me diz que gosta muito de mim. Assim, sem mais:

— Gosto muito de você, Anali.

Eu achei que fosse brincadeira. Ri por um tempo ali na frente dele, mas ele ficou tão sério que não demorei muito para entender que Gus não é do tipo que sai por aí fazendo brincadeiras. Ele me olhava como se alguém tivesse acabado de lhe contar alguma coisa terrível.

— É sério? — perguntei.

Ele se limitou a repetir as palavras:

— Gosto muito de você, Anali.

E acrescentou:

— Claro que é sério.

Surpresa insignificante. Nunca imaginei que o primeiro menino que me diria que gosta de mim seria o caxias da classe.

— Que bom — disse eu, acho que porque não sabia o que mais podia falar.

— É? — respondeu ele. — E então?

Aí deu um bloqueio em nós dois. Eu não sabia muito bem o que cabia a mim falar e nem se ele tinha terminado tudo o que tinha para dizer. E também não vinha à minha cabeça nadinha que eu pudesse dizer, então acabei saindo pela tangente:

— Depois de amanhã eu saio de viagem — disse.

Ele foi embora logo. Sem mais explicações. Deu meia volta, disse "A gente se vê" e desapareceu, arrastando os pés e a mochila. Enquanto o via indo embora, fiquei pensando que o cabelo dele ficaria melhor de outro jeito.

Os meninos são um pouco estranhos. Pelo menos os que eu conheço se comportam de um jeito muito esquisito. Pensei que Teresa saberia me dar algum conselho sobre o comportamento masculino nessa idade em que os pais não nos deixam colocar um piercing, o governo não nos deixa andar de moto e os professores não nos deixam usar celular.

— Os meninos nunca fazem aquilo que esperamos que façam. É uma coisa que não se resolve com o passar dos anos. Você vai ter que se acostumar.

— Você quer dizer que passam por cima da gente?

Ela teve que pensar.

— Mmmm... Não. Não exatamente. Quero dizer que é como se fossem de outro planeta. Agem da maneira como pensam que devem agir, mas nunca entendem nada.

Eu não consegui reprimir uma pergunta que a minha curiosidade estava louca para fazer:

— Salvador também é assim?

— Só às vezes. Sempre existem exceções que confirmam a regra — riu.

A única coisa que eu sabia com certeza naqueles dias era que eu nunca gostaria de Gus. Não sabia contar piadas, tinha um nariz muito grande, tirava sempre notas muito boas, nunca brincava com ninguém na hora do recreio, todos os professores falavam bem dele, tinha muitos cravos no nariz... Vocês acham que são motivos suficientes? Por ora, eu ia me livrar da epidemia de paixões que afetava todo mundo à minha volta.

Lisa e Júlia, sem ir muito longe. E não só elas: até a gata de Lisa se apaixonara por um gato siamês muito bem-apessoado com quem ela escapava pelos telhados, isso quando não era ele quem vinha visitá-la no terraço. "Que sorte que é ser gata", pensava eu", "Você pode sair até tarde sem que ninguém reclame".

— Essa noite minha gata escapou de novo com o siamês — explicava Lisa uma vez a cada três noites —, que inveja.

Lisa também tinha seu siamês particular, só que, em vez de saírem pelos telhados, eles costumavam encontrar-se no terraço da academia de verão onde tinham se conhecido. Ela estava matriculada em um curso de cerâmica. Parece contraditório, mas isso é o que a Lisa quer fazer da vida: vasos e botijas. Com um corpão como o dela escondido debaixo do avental, que desperdício! Ele estava aprendendo a ser escritor em uma oficina literária. Acabava de chegar à cidade, depois de vários anos morando com seus pais em Londres, ainda que tivesse nascido na Alemanha, de onde era a mãe dele. Em resumo, um currículo internacional.

— Não acho que Pablo esteja apaixonado por mim — dizia Lisa, posando de interessante —, é só que temos algumas coisas em comum.

Lisa estava muito a fim dele, mas o orgulho e a falta de costume impediam que ela reconhecesse isso.

Para Júlia as coisas eram mais difíceis, porque seu gatinho favorito, o Arturo, tem dez anos a mais do que ela, é o irmão mais velho da nossa amiga e, além do mais, naquele momento, acabava de terminar com a namorada. Isso sem falar dos gostos musicais dele, completamente opostos aos dela.

— Tenho certeza de que ele só ouve Britney Spears porque não conhece mais nada — dizia a minha amiga, tentando justificar o gosto dele.

Quanto a mim, não só não tinha me livrado da praga, como ainda tive meu cérebro afetado pelo vírus do amor, além do coração. De que outra maneira se explicaria o fato de eu ter resolvido escrever aquela carta vergonhosa para o Mike Pita? Vocês querem um conselho? Se um dia tiverem vontade de fazer coisa parecida, pensem mil vezes antes de realmente colocar em prática. Quer dizer, não coloquem nunca.

Ainda tenho muita raiva de contar: escrevi para dizer o quanto eu gostava dele (primeiro erro: "nunca se deve contar aos meninos tudo o que sentimos por eles", me diria Teresa alguns dias mais tarde).

Queria que ele entendesse bem tudo o que eu tinha para dizer (segundo erro: "os meninos nunca conseguem entender muito bem"), e não queria que a ortografia ou a minha letra ruim fossem um problema, então escrevi pelo computador. Na carta, que era bem comprida, falava de mim, contava a origem do meu nome, meu passado chinês, deixava mais do que claros os meus sentimentos por ele, contava intimidades como o fato de ter o quarto inteiro forrado com fotos dele e que conhecia de cor a vida dele (ou a parte da vida dele que as revistas contavam). Até cheguei a propor a ele que voltasse ao meu bairro para que eu pudesse lhe mostrar alguns lugares estranhos e que ficasse, já que estaria por aqui, para almoçar na minha casa. Contei inclusive que mamãe prepara um sorvete de leite condensado muito bom.

Passado um mês, Pita não tinha me respondido. Pensei que a carta talvez tivesse se perdido, ou que alguém poderia tê-la confundido com outra coisa, então imprimi uma nova cópia e voltei a mandá-la para ele, no endereço do representante. Uma semana depois continuava sem resposta, de modo que repeti a operação e fiz isso de novo e de novo até que já tinha mandado seis cópias da mesma carta. Sim, já sei que vocês pensam que eu fiquei louca, mas nem eu mesma sou capaz de explicar por que me comportei desse jeito. Isso nunca aconteceu com vocês? Fazer alguma coisa conduzida pela vontade tão grande que você tem de que algo aconteça, chegando mesmo ao extremo de não conseguir perceber o que acontece à sua volta? Comigo acontece direto. Não sei, cheguei a pensar que existisse alguém que gostava tanto dele quanto eu e que sabotava as minhas cartas, ou algum funcionário do correio que colecionava as cartas dirigidas ao meu cantor favorito, sei lá. O caso é que, dois meses e três semanas depois de enviar a primeira carta, recebi um envelope com o selo do representante estampado no lugar do remetente. Abri o envelope com uma emoção que não me lembro de ter sentido nunca antes, mas que passou rápido. A carta era breve e concisa. Dizia:

"Em nome do senhor Pita e em meu próprio nome, muito lhe agradeceríamos se a senhora deixasse de assediá-lo. Muito obrigado."

Vocês entendem agora a que eu me referia quando disse que a popularidade amolece o cérebro de alguns? E quando dizia a vocês que me arrependi muito de ter agido como agi?

No começo o desgosto foi grande. Passei uma noite sem dormir por causa da raiva que me dava o fato de terem interpretado errado as minhas palavras. No dia seguinte, quando minha mãe me descobriu arrancando das paredes as fotos do meu ídolo, eu me limitei a explicar:

— Estou cansada de ficar olhando para elas o dia inteiro.

— Eita — disse ela, com estranhamento —, você já não gosta do Mike Pita?

— Percebi que sair andando pela rua com alguém famoso deve ser uma complicação. Prefiro um namorado anônimo.

Minha mãe saiu rindo pelo corredor. Ela se divertia com as coisas que aconteciam comigo. O que ela não sabia é que naquele dia eu estava falando sério. Muito sério. O mesmo eu disse para Teresa na primeira oportunidade:

— Muito bem pensado! Um namorado anônimo e mais bonito do que esse, que parece a Shirley Temple.

Não sei quem é Shirley Temple. Decidi inaugurar uma seção do meu caderno destinada às coisas pendentes. Escrevi aquele nome enigmático e esqueci dele três segundos depois.

Já que contei ao Pita, vou explicar para vocês as minhas origens chinesas. Começando pelo meu nome, a única coisa que resta do bebezinho que eu fui antes de os meus pais me conhecerem. Meu nome chinês completo era Mei San Li, que significa alguma coisa parecida com "Terceira Ameixa Bonita". Eu também acho engraçado e um pouco estranho. Ainda mais quando me contaram que os chineses põem nos seus filhos nomes que dêem a eles saúde ou sorte na vida. Para falar a verdade, não sei como ter o nome de Ameixa pode trazer sorte para alguém, mas algum sentido devia ter para aqueles que me batizaram. Quanto ao número três, san, me contaram que os chineses às vezes dão aos seus filhos o nome do número que ocupam entre os irmãos. Imagino, então, que os meus pais biológicos tinham outros dois filhos quando eu nasci, por isso me chamaram de três, ou terceira.

Continuando com a lição de história, conto a vocês que, na China, a questão dos filhos está um pouco complicada. Como, mesmo sendo um país muito grande, nasciam tantos chineses que nem cabiam nas casas, o governo decidiu organizar um pouco a situação e proibiu as pessoas de ter mais de um filho. Mesmo os casais que não suportam ter filho único sabem bem que, na China, se desobedecem às ordens dos que mandam, têm que pagar um monte de impostos ao Estado.

Meus pais adotivos gostaram do meu nome desde o começo e, ainda que tivessem pensado me chamar de Ana — em memória da minha avó paterna —, decidiram também conservar uma parte do meu nome original. Então inventaram essa forma tão exótica de me chamar que deixa todo mundo desorientado: assim que chegamos à Espanha, me registraram como Ana-Li.

— Decidimos que você preservaria as suas origens desde o primeiro momento — costuma explicar mamãe.

Às vezes penso em tudo isso e me parece engraçado: fui a terceira de três irmãos em um país onde não é permitido ter mais do que um filho, e agora sou filha única num lugar onde as pessoas podem ter quantos filhos quiserem. É curioso, não é? Uma vez disse isso a mamãe. Foi a melhor desculpa que eu encontrei para explicar para ela que queria ter um irmão. Disse irmão, mas na verdade o que eu queria era ter uma irmã.

— Para seu pai e para mim é suficiente com você, para você não? — foi a sua resposta.

"Não. Para mim eu não sou suficiente. Estou farta de ser filha única", pensei. Mas o que eu disse foi diferente:

— É que eu fico entediada.

Algumas semanas mais tarde começaram a me falar da viagem à China. Acho que pensaram que seria uma boa forma para que eu me livrasse do tédio e não levantasse mais o assunto da minha hipotética e improvável futura irmã. Alguns diriam que foi um suborno, mas eu não sou tão dramática.

Um dia vi uma reportagem na TV sobre meninos russos que moravam em abrigos em péssimas condições. Disse ao papai:

— A gente podia adotar um menino russo. Eles quase que estão dando de presente.

Ele me olhou com uma expressão muito estranha, como se eu tivesse acabado de dizer uma coisa terrível:

— Você acha que adotar uma criança é ir a uma liquidação? Ô, filha, estamos falando de algo muito sério. Não se pode decidir assim às pressas.

Eu não estava brincando, nem queria decidir as coisas às pressas, sem pensar. Pelo contrário, já tinha pensado em tudo e sabia de cor todos os motivos que me faziam desejar ter um irmãozinho, mas nem me dei ao trabalho de esclarecer as coisas. Percebi imediatamente que tinha sido uma incompreendida e decidi pensar em alguma outra coisa que fosse um pouco mais agradável.

Por exemplo, o casamento de Teresa. Todo mundo estava ficando louco com os preparativos. A parte mais emocionante era pensar no vestido de noiva, especular sobre como seria. Júlia queria que a sua avó fosse vestida de branco, mas ela brincava:

— Minha neta quer me ver disfarçada de ovo frito, não dê bola a ela.

Foi mais ou menos por esses dias que Teresa nos chamou para ser damas de honra. Anunciou isso numa dessas tardes em que a gente foi lanchar na casa dela. Tinha biscoitos de chocolate. Eu comi a minha porção e a de Lisa, que já estava ficando com cara de alcachofra depois de tanta dieta da planta. Foi uma tarde cheia de surpresas agradáveis.

— Andei pensando que vocês poderiam me acompanhar enquanto escolho o vestido — nos anunciou Teresa de repente —, assim tenho a segurança de não comprar uma antigüidade.

Para a gente foi uma alegria e um orgulho. Júlia beijou a avó na bochecha e exclamou:

— Obrigada, vó, a gente vai fazer com que você seja a mais bonita. Salvador vai cair de quatro quando te vir.

Teresa me dirigiu um olhar cúmplice e, piscando um olho, respondeu:

— Ai, filhinha, nunca se sabe o que faz um homem cair de quatro, mas vamos tentar.

Isso me fez pensar em Gus. Naquela mesma tarde eu tinha escrito no meu caderno: "É um mala, chato e deprimente." Agora me dá um pouco de pena, mas, para falar a verdade, meu grude particular tinha feito o bastante para ganhar os três adjetivos que lhe dediquei.

Eu sei que "mala" e "chato" são a mesma coisa. Mas acho que, se alguém passa quinze dias dizendo toda hora o quanto gosta de você (a média era de umas três ou quatro vezes por dia), não merece que você o chame de qualquer outra maneira. A parte do deprimente só me veio no décimo sexto dia, quando Gus se aproximou de mim, com cara de quem acaba de saber que a prova final foi suspensa, e disse:

— Desde que comecei a gostar de você, estou triste o tempo todo.

Contei isso para Teresa:

— Esse menino é bobo — exclamou —, pensa que vai conseguir que você goste dele falando essas bobagens?

Dei de ombros. Realmente não entendia o que Gus estava tentando conseguir, e nem se ele queria conseguir algo. A única coisa que ficou clara foi a mudança que ele tinha sofrido. Parecia impossível que ele se tornasse ainda mais tedioso do que antes, mas foi o que aconteceu. Na única vez em que de fato conversei com ele (porque tinha pena dele, sempre tão sozinho e calado), me contou uma história muito complicada de uns cabos e muitos watts que tinha instalado no quarto dele. Eu não entendia nada, só tentava não bocejar. Ele também me explicou que gostava de ir pescar no verão com um senhor mais velho que era amigo do pai dele. É o único fato que lembro da segunda parte da nossa conversa. Não porque ele não contasse mais nada, mas porque, enquanto ele falava de minhocas, galões de gasolina, quantos cavalos tinha o motor e não sei quantas coisas mais, eu ficava pensando nos meus assuntos.

— Esse menino é um tédio — disse Teresa, quando contei tudo isso. — Você tem que procurar um que tenha senso de humor. É indispensável que os homens nos façam rir, menina. Acredite em mim.

Eu gostava do jeito de ser de Teresa. E, principalmente, adorava o jeito dela de tratar a gente como se fosse adulto. Ela nunca usava aquelas frases prontas odiosas que os adultos costumam utilizar para demonstrar superioridade. Nunca dizia, por exemplo, "você é jovem demais para entender", nem "explicarei quando você for mais velha". Teresa não fazia cerimônia, não dava conselho que ninguém tivesse pedido e também não esperava que você cometesse um erro para dizer aquelas palavras odiosas: "Eu não disse?" Em resumo, era uma adulta que não parecia uma adulta.

Falando de adultos, naqueles dias, todos os maiores de 20 anos pareciam ter ficado loucos. Mamãe tinha tirado a mala da parte de cima do armário e a mantinha aberta no pé da cama.

— Mas ainda falta muito tempo para a gente ir — observei.

— Não importa. Assim já vou preparando as coisas para ter certeza de que não esqueceremos nada.

Chamou-me a atenção que a mala escolhida era uma verde e rígida que a gente nunca tinha usado antes por ser grande demais. Disse a ela:

— Você pegou a verde.

Ela riu um riso um pouco bobo:

— Suponho que vamos comprar muitas coisas — foi sua resposta.

A mãe de Júlia continuava obcecada por aquele drama familiar que só ela entendia:

— Eu sei que Salvador é um homem bom — dizia para mamãe —, é só que eu não vou me acostumar com o fato de a minha mãe estar sempre com ele.

No fundo, as preocupações dela me pareceram muito egoístas. Preferia ver a sua mãe sozinha por uma questão de costume, em vez de a ver feliz ao lado do homem por quem ela estava apaixonada. E continuava falando, afogando os soluços do choro:

— Não sei com que cara ir ao casamento da minha mãe. É tudo tão estranho...

Aquilo me aborrecia muito. Numa dessas tardes de diálogo entre vizinhas, decidi escapar da casa o mais rapidamente possível. Propus às minhas inseparáveis que a gente fosse lanchar na doceria de sempre. Aceitaram rapidinho, e Júlia disse que viria acompanhada de sua avó.

A gente se encontrou no lugar de sempre e escolheu uma mesa. Junto a nós, atrás do balcão, parecia que os bolos de chocolate preto, branco, com leite, com avelãs, com amêndoas e todos os demais me faziam sinais e pediam que eu os devorasse. Quando chegou o garçom, entretanto, minha surpresa foi enorme:

— Eu quero um suco de laranja — disse Lisa.

— Outro para mim — disse Júlia.

— Um chá verde com limão — pediu Teresa.

Olhei para elas com estranhamento.

— E foi para isso que a gente veio à doceria? — perguntei.

— Lembre que eu estou com a alcachofra — explicou Lisa.

— Eu estou sem fome — acrescentou Júlia.

— E eu tenho que caber no vestido de noiva — concluiu Teresa.

Por um instante, pensei em matá-las de inveja pedindo um pedaço de bolo de chocolate preto com creme, mas mudei de opinião e disse ao garçom que me trouxesse uma água com gás. Senti que os bolos começavam a chorar, desconsolados, detrás da vitrine.

— Posso saber o que está acontecendo com vocês, meninas?

Teresa resolveu as minhas dúvidas com a sua sinceridade habitual:

— Ai, menina, o amor... O amor é melhor do que todas as dietas de alcachofra imagináveis. Se suas amigas continuarem assim, vão ficar muito magrinhas.

Olhei para elas, surpresa. As duas baixaram os olhos.

Enquanto tomava minha água com gás, me senti mais incompreendida do que nunca. E os bolos me davam razão.

O silêncio dos avoados

No primeiro sábado depois de começarem as aulas, fomos com Teresa ver os vestidos de noiva. Naquela noite, escrevi no meu caderno: "Primeiro dia de compras de Teresa com as Supermeninas. Um fracasso absoluto." Começamos do jeito mais típico: uma enorme loja no centro da cidade, onde havia roupas para todos os gostos. Isto sim, todas brancas ou de cores claras. Teresa não gostou nem um pouco. Apesar disso, se deixou levar pela insistência de Júlia e resolveu experimentar alguns.

— Pareço um beija-flor — disse, ao se ver com o primeiro.

Quando experimentou o segundo, exclamou:
— Vamos embora daqui.

Terminamos na lanchonete vizinha tomando água sem gás.

— Eu quero algo mais... mais moderno, um pouco mais jovem.

— Mas, vó, você já tem 75 anos — protestou Júlia.

Teresa fez um silêncio, aparentemente para pensar nas palavras da sua neta, e em seguida disse:

— É exatamente por isso. Velha eu já sou. Melhor que o vestido não seja.

Talvez tivesse razão.

Visitamos grandes lojas de departamento, pequenas butiques onde tudo era caríssimo e algumas lojas especializadas, mas não tivemos sorte. Teresa não gostava de nada e a gente concordava.

— Não, não, não — exclamou enquanto a faziam experimentar um véu que cobria o rosto dela. A atendente, muito sorridente, disse que era conhecido como o véu da ilusão. Estava bem claro que Teresa não sabia o que queria, e sim o que não queria.

— Véu da ilusão? Coisa ridícula. Eu não vou casar vestindo nada que tenha esse nome — disse assim que saiu da loja.

A última palavra, e também a mais prática e séria, ficou com Lisa, que observou:

— Faltam menos de dois meses para o seu casamento, Teresa. Você vai ter que pensar em alguma coisa.

— Pensarei. É lógico que pensarei — e acrescentou, com um certo ar de menina travessa: — Mas não vou me vestir de ovo frito!

Depois de uma semana sendo assediada por Gus, decidi tomar as rédeas da questão e encontrar uma namorada para ele. Queria que ele ficasse a fim de outra para que me deixasse em paz. Também me atraía a possibilidade de ver Gus contente. Pensava que assim eu me sentiria melhor. Comecei por escolher a candidata perfeita entre todas as meninas da minha classe. Maitê se achava bonita demais: com certeza iria pensar que Gus era pouco para ela e não iria querer sair com ele. Margarida era alta demais. Neusa era atirada demais, impertinente demais, estridente demais. Núria, magra demais para um menino gordinho. A Marta, gorda demais. A Montserrat, tímida demais. Depois de descartar muitas, só me restava a Elisenda. Era repulsiva, sempre com seus livros rigorosamente encapados e a bermuda rigorosamente limpa, mas estava um pouquinho cheia e era a mais caxias do outro grupo. Além do mais, tinha outra coincidência interessante: os dois eram representantes de classe, os dois usavam óculos, os dois tiravam A em matemática, os dois ficavam estudando durante o recreio. Eram feitos um para o outro.

Tentei um método muito pouco original, mas que, apesar de todo mundo já o ter usado alguma vez, continua funcionando. Cheguei perto de Elisenda e lhe disse, muito séria, muito confiável, muito no meu papel:

— Já descobri. Parabéns.

— Já descobriu o quê? — perguntou ela com cara de surpresa, exatamente como eu esperava.

— Que você está saindo com Gus.

Elisenda trocou sua cara habitual de abobada por uma de pasmada e surpreendida.

— Que Gus? O representante do outro grupo?

— Ele mesmo. Como faz muito tempo que está louco por você, fiquei muito feliz por ele. Achei muito bom.

— Faz tempo? Como você sabe?

— Todo mundo sabe — respondi, com a mesma naturalidade com que teria dito qualquer coisa bem óbvia.

— Verdade? Eu pensava que ele gostava da Verô.

No final das contas, Elisenda não estava tão fora do mundo como eu pensava. Surpreendeu-me com o fato de estar tão bem informada, mas nem assim me pegou no pulo. Reagi rapidinho:

— Que Verô?

— Verônica, aquela menina que foi morar em outra cidade. Você não lembra?

— Gus nunca me falou de nenhuma Verô — neguei, como se não soubesse de quem ela estava falando —, em compensação, de você, ele me falou um milhão de vezes.

— É mesmo?

— E outro dia ele me pediu seu endereço de e-mail, mas eu não tinha.

— Ele te pediu meu e-mail? Para quê?

Aquela conversa já começava a ficar chata. Elisenda me parecia cada vez menos animada.

— Imagino que ele queira escrever para você.

— É mesmo? — repetiu ela.

Deixei Elisenda pensando no assunto, e não pouco preocupada, depois de me dar o endereço de e-mail dela, que eu anotei num pedaço de papel. A primeira parte do meu plano tinha sido perfeita. Agora faltava a segunda; para isso, precisava de Gus. Encontrei-o na biblioteca, lendo muito concentrado um livro de Ciências. Sentei-me na frente dele e disse (baixinho, mas alto o bastante para que ele me ouvisse):

— Elisenda acaba de me dizer que gosta muito de você.

Quem estava supervisionando naquela tarde era Rosa, professora de inglês, que olhava para mim com a desconfiança de quem esperava que a qualquer momento eu fizesse alguma coisa de errado.

— Você é que está inventando isso. Com certeza você disse a mesma coisa para ela. É um truque velho.

Reconheço que ele me pegou de surpresa. Gus era mais esperto do que eu tinha imaginado. Eu não soube o que responder. Ele aproveitou meu silêncio para fazer cara de esperto e dizer:

— Está vendo? Eu estou certo.

Eu estava a ponto de dizer a verdade para ele: que sim, que ele tinha razão, que era um truque muito velho e que ele tinha descoberto, quando me veio à cabeça uma idéia genial:

— E você não quer saber o que foi que ela disse?

— Não — respondeu Gus, voltando às Ciências.

Rosa me olhava levantando as sobrancelhas, como se estivesse muito interessada no que a gente estava fazendo.

O interesse de Gus pela fotossíntese durou o tempo que demora uma mosca para lavar o rosto. Ou seja, sete décimos de segundo, aproximadamente. Em seguida, voltou a levantar a cabeça e perguntou, em um sussurro prudente:

— O que foi que ela disse?

"Ahá — pensei — aí está a minha oportunidade. Pena não ter tido um pouco mais de tempo para planejar a minha estratégia." Ainda assim, considerando isso, acho que não me saí de todo mal.

— Que você é o cara mais interessante do colégio, além de ser o mais esperto.

Aquilo era só uma meia mentira. Todo mundo sabia que Gus era o mais esperto, ainda que ninguém se importasse em dizer isso para ele. Ele pensou um tempo sobre as minhas palavras. Não parecia muito satisfeito. Detrás dos seus óculos, se via um par de olhos inquietos de cor clarinha. "Se ele não usasse óculos, ficariam muito mais bonitos", pensei.

— Acho que isso não é um sinal muito bom — disse.

— Como não? — me apressei em contra-atacar. — É o contrário. Que uma menina diga que você é esperto é o que há de melhor. Ainda mais se quem diz é alguém como ela.

— Ela sim é inteligente — observou, fazendo cara de tonto.

— A mais inteligente do colégio — exagerei.

— Mas Elisenda não disse que eu sou inteligente. Disse "esperto". Não é a mesma coisa.

Eu estava a ponto de lhe dar um tabefe. Por ser tão bobo. Em vez disso, estendi para ele o papelzinho em que tinha anotado o e-mail da Elisenda.

— Toma.

— Que é isso? — perguntou, enquanto olhava para ele como se fosse um bicho que pudesse picá-lo.

— O endereço de e-mail dela. Ela me pediu que eu desse a você.

Rosa se levantou da cadeira e começou a caminhar em nossa direção. De repente, o meu coração acelerou e eu tentei parecer muito interessada no livro de Ciências de Gus.

— E eu quero esse e-mail pra quê? — perguntou, tentando disfarçar.

Ao que parece, Gus só usava os neurônios para estudar, porque, para o resto das coisas, ele demonstrava ser bastante burro. Disse isso para ele, e acho que levantei demais a voz:

— Como você é burro, Gus! Assim você não vai chegar a lugar nenhum.

— O que você quer dizer? — perguntou ele, com cara de quem não entendeu nada.

Tentei fazer sinais com a cabeça para avisar que a professora de inglês estava ali, empreendendo sua manobra de aproximação, mas ele não entendeu. Continuou a insistir:

— Diz, Anali, por favor. Por que você acha que eu sou burro?

A gente estava nessa quando Rosa aterrissou do nosso lado:

— O que está acontecendo aqui? — perguntou, com aquele ar inconfundível de autoridade militar que os supervisores de biblioteca têm. — Vocês não sabem que aqui é lugar para trabalhar?

— Estamos trabalhando — disse eu.

— É mesmo? Como? Cada um contando o último filme que viu?

Fiquei sem palavras. Não tinha o que responder. Dizer que a gente estava falando de quê? Dessa vez, pelo menos, Gus levantou da letargia dele, tomou a iniciativa e respondeu à professora de inglês com uma energia surpreendente:

— Estávamos trocando opiniões, senhorita, sobre a função fotossintética nas plantas de folha grande. Eu estava perguntando para Anali se ela acredita que é diferente daquela das de folha pequena. Ela não sabe. Por acaso a senhorita saberia dizer?

Rosa ficou tão boquiaberta quanto eu diante desse discurso. Demorou alguns segundos para responder e, quando o fez, foi com um tom que parecia de enfado:

— Não, Gus, eu não sei, mas com certeza o professor de Ciências de vocês poderá ajudá-los.

Antes de ir embora, no entanto, voltou ao seu estilo militar para nos lembrar de uma coisa que já sabíamos:

— Se vocês não são capazes de ficar em silêncio, vão ter que sair e discutir a função fotossintética lá fora, crianças.

Gus me olhou esperando uma resposta. E eu dei, com toda a convicção:

— Não, Gus, eu não acho que você seja burro. Retiro o que disse.

Segunda jornada em busca do vestido de noiva de Teresa. Dessa vez, fomos ver uma amiga dela que era estilista, que tinha um ateliê de costura num lugar afastado do centro. Foi uma tarde muito interessante. A amiga de Teresa se chamava Exaltação, mas não gostava nem um pouco que as pessoas a chamassem assim. Teresa nos explicou:

— Colocaram nela o nome do santo do dia em que ela nasceu, coitadinha. Antes faziam mais dessas coisas com as crianças. Um outro amigo meu, pelo mesmo motivo, se chamava Canuto, vocês imaginam? Ela prefere que a chamem de Cléo. Pela Cleópatra, uma personagem que ela admira muito.

Cléo era uma mulher minguada, quase só ossos, com a pele mais enrugada que eu já vi na minha vida (tinha a mesma idade de Teresa, mas parecia ter o dobro), os lábios pintados de vermelho paixão, o contorno dos olhos delineado por uma linha grossa e escura e o cabelo tingido de um preto muito preto e recolhido num coque. Trajava um vestido verde esmeralda que chegava até os tornozelos e brilhava quando batia luz. Calçava uns sapatos de salto que nem a minha mãe usaria e tinha o cheiro de um perfume bem doce, um pouco enjoativo. Em poucas palavras: era a mulher mais esquisita que eu já vi. E também uma das mais simpáticas.

— Que grande alegria me deu a sua ligação — foi o cumprimento dela, enquanto beijava as duas bochechas de Teresa. — E estas são as suas jovens amigas, não é? — perguntou, virando-se para nos olhar.

— Isso mesmo. Além disso, essa é a minha neta — disse Teresa, apontando para Júlia.

— Podem passar à cova do Ali Babá — convidou-nos Cléo, com a mão estendida em direção ao interior do estabelecimento.

Realmente, aquele lugar tinha alguma coisa de cova maravilhosa. Estava iluminado pela luz do sol, que se infiltrava pelos janelões do fundo, e que desmaiava sobre dezenas de manequins vestidos com roupas de cores vistosas e brilhantes. Tudo parecia de outra época: a mobília, os tecidos que se amontoavam por todos os lados, os sapatos que apareciam por qualquer canto e até os manequins, que pareciam estar há séculos no mesmo lugar, sempre na mesma posição.

O mais incrível era a roupa. Não sei se eu me atreveria a usar um dos modelos saídos das mãos e do engenho de Cléo, mas é preciso reconhecer que eram lindos. As minhas amigas e eu nos olhávamos, entre assustadas e surpresas, e com os olhos que pareciam perguntar que tipo de vestido de noiva poderia sair de um lugar como aquele. Cléo tinha a resposta:

— Você vai ser uma noiva muito original — disse para Teresa, enquanto fuçava em seus armários para dar com uns modelos. — Pode deixar comigo.

— A roupa que você faz é alucinante — exclamou Lisa de repente, enquanto se olhava num espelho abraçada a um dos modelitos de Cléo.

— Muito obrigada, lindas. E vocês sabem o melhor de tudo? Vocês nunca adivinhariam. Sou daltônica.

Pelas nossas expressões confusas ela supôs que a gente precisava de uma explicação.

— Sou dessas pessoas que não distinguem bem as cores. Não é um mal tão comum entre mulheres.

Há uma em um milhão. E foi cair justamente em mim, que engraçado, não?

Teresa ria, despreocupada. Parecia muito disposta a deixar tudo nas mãos da amiga, mesmo que ela enxergasse mal as cores. A gente ficava bisbilhotando entre os vestidos incríveis que havia por todas as partes. Era como ter entrado numa loja de fantasias.

— Podem experimentar o que quiserem, meninas — disse Cléo, abarcando todo o ateliê com um movimento de braços. — Alguém aceita um chá com hortelã?

— Não gosto de chá — se apressou em responder Júlia.

Na verdade, Lisa e eu também não.

— Besteira — desdenhou Teresa, com um movimento decidido de mão direita —, as meninas aceitam uma xicarazinha desse delicioso chá que você faz. Só assim elas vão saber se gostam ou não de chá.

Enquanto as duas velhas amigas papeavam, a gente brincou de transformações. Em uma caixa de papelão deixada em qualquer canto, encontramos algumas dúzias de chapéus, um mais exótico que o outro. Tinha com penas, com rendinha, com laços enormes, e todos eram de cores muito vivas. A gente se divertiu muito passeando de um lado para o outro com aquelas coisas tão espalhafatosas na cabeça. Em seguida, a gente experimentou os sapatos. Só Lisa tinha um pouco de prática para andar com salto alto, ou com plataforma. A gente também se enrolou nuns tecidos brilhantes que esperavam seu turno em qualquer canto.

— Mesmo que pareça mentira, nos conhecemos na escola de corte e confecção — explicou Teresa.

— Você também costura, vó? — perguntou Júlia.

Teresa deixou escapar uma gargalhada:

— Isso é o que queria a minha mãe, que tentou de tudo para fazer de mim uma mulher prendada. Mas a costura não era minha praia, não é, Cléo?

Cléo também morreu de rir ao se lembrar dos anos de formação:

— Você era tão desajeitada... Parecia que costurava com os pés.

Cléo serviu o chá nuns copinhos de cristal que descansavam sobre pequenos pratos dourados. Dentro de cada copo se viam umas folhinhas de hortelã e uma colherzinha igualmente diminuta.

— Experimentem — incentivou Cléo quando serviu o líquido fumegante.

Naquela noite relatei a experiência no meu diário. E também o descobrimento do chá. Escrevi:

— Outra coisa que eu não sabia: gosto muito de chá verde com hortelã.

As tardes de domingo são deprimentes. Há tantas pessoas que acham isso que ultimamente até têm se organizado pela internet. Conheço uma página de internautas antidomingueiros que se chama Odeioosdomingos.com. Não se pode negar que quem a criou é um gênio. Ou será uma "gênia"? A gente não era exceção. Por isso, tínhamos encontrado um jeito de entreter as deprimentes tardes de domingo: maratonas de vídeo.

O normal era organizar uma maratona de filmes de terror (nossos favoritos) ou de comédia. Uma vez a gente decidiu montar uma sessão da Disney, apesar de toda a oposição de Arturo, que quase sempre se juntava aos nossos planos. Bom, na verdade fui eu que insisti para que a gente visse *Tarzan*, *A pequena sereia* e *A bela e a fera*, os meus favoritos. Sei de cor todas as músicas e não me envergonho de dizer que gosto de cantá-las, e que costumo fazer isso, a plenos pulmões, cada vez que tenho uma oportunidade. Quando contei isso, Júlia e Lisa me olharam como se eu tivesse dito alguma coisa inconveniente.

— São filmes para crianças pequenas — opinaram, com aquele tom de grande verdade que só usam os que estão enganados.

— Que besteira. Não existem filmes só para crianças pequenas.

A gente não convidava Arturo só porque ele tinha acabado de terminar com a namorada, a insuportável Ana Maria, mas também porque a Júlia estava a fim dele e a gente queria dar um jeito de ele perceber isso, sem exageros (pensando bem, isso era o mais difícil). Além do mais, as sessões de cinema sem descanso aconteciam na cobertura de Arturo, onde Lisa se instalava todos os fins de semana. Já que ele colocava à disposição sua televisão, seu vídeo, seu sofá, sua casa e quase sempre suas bebidas, seu milho torrado com sal e sua pipoca, a gente pensou que o mínimo que podia fazer era convidá-lo.

No domingo sobre o qual eu vou falar, a gente tinha decidido (sem contar com a opinião de Arturo, claro) organizar uma maratona de filmes de atores bonitões. Por isso tínhamos alugado *Seven*, *Zorro* e *Missão impossível*. Uma mistura um pouco estranha, eu sei, mas gosto não se discute, como costumam dizer. Assim que colocamos a primeira fita no vídeo, tocou o telefone. Lisa atendeu e logo passou o telefone para o irmão dela.

— É Ana Maria — informou.

Imediatamente houve uma troca de olhares entre nós. A cara de raiva da Júlia era evidente.

Arturo começou a conversar e fez um gesto para que a gente não interrompesse o filme. Sussurrou ao telefone várias frases, que nenhuma de nós conseguiu decifrar, e depois de desligar desapareceu pela porta do seu quarto.

— Essa boba volta ao ataque — disse Lisa, mordiscando um milho torrado.

— Que nojo — opinou Júlia, se mexendo no sofá.

Toda a tarde de Júlia acabava de ficar amarga por causa daquele inesperado encontro marcado pelo nosso anfitrião.

Arturo não demorou em sair, penteado, cheirando a água de colônia e com uma calça jeans nova. Despediu-se sem atenção:

— Até logo, meninas.

E se mandou.

Naquele domingo a gente não o viu mais, nem soube como tinha sido a reconciliação dele com a Ana Maria, se é que tinham se reconciliado. Continuamos com nossa sessão de filmes e a expressão de Júlia não melhorou nem quando o Antonio Banderas começou a dançar com a Catherine-Zeta Jones em versão mexicana. Também não melhorou quando Lisa disse:

— Meu irmão é besta, eu já te disse.

Cheguei em casa na hora do jantar e encontrei a minha mãe olhando com muita atenção para a mala, com uma mão na testa em gesto de quem está pondo o cérebro para trabalhar.

— O que você está fazendo? — perguntei.

— Não sei se devo levar roupa de banho ou não — respondeu.

— Roupa de banho? Nesta época do ano?

— Estou numa confusão só. Quando chegar o seu pai, eu pergunto.

Olhei para o que tinha na mala: dois guias turísticos, um deles de Pequim, uns sapatos esportivos (do papai), os pijamas dos três, cinco filmes fotográficos, seis cuecas (todas do papai), um ferro para viagem, dois pacotes de lenços descartáveis, uma caixa de aspirinas e um pequeno ludo magnético.

— Para que o ludo? — perguntei.

— Para ter o que fazer nas esperas.

Não entendi muito bem a que esperas ela se referia, mas me pareceu uma boa idéia. Adoro jogar ludo. Sempre peço o amarelo. Às vezes eu ganho, mas perder também é divertido.

De repente vi uma bolsa preta de tecido que estava aos pés da cama. Parecia muito cheia e estava fechada com um cadeado.

— E isso é o quê? — perguntei.

Pareceu que mamãe não esperava que eu fizesse essa pergunta. A resposta dela foi breve (coisa rara nela), com voz entrecortada, enquanto esfregava uma mão na outra, como se estivesse ficando nervosa.

— Isso? Ah, nada. Não tem importância. Coisas do seu pai e minhas — e riu como um coelho enquanto, com um pontapé, empurrava a bolsa para debaixo da cama.

"Eita, que interessante", disse a mim mesma, "uma bolsa misteriosa vai à China com a gente."

"Yi jianjidàn" significa "ovo frito"

É ótimo que as pessoas briguem o tempo todo, porque assim logo têm a chance de se reconciliar. Pelo que andei observando, as reconciliações costumam ser proporcionais às brigas. Se a briga é insignificante, uma discussão simples sem maiores conseqüências, a reconciliação é uma coisa tão pequena que nem vale a pena. Agora, se a briga é daquelas que fazem história — com muitos gritos, bater de portas, insultos e um ou outro prato quebrado —, não se pode deixar passar em branco a reconciliação por nada nesse mundo.

Eu teria gostado de estar presente à reconciliação entre Arturo e Ana Maria. Deveriam transmitir esse tipo de coisas pela TV, em vez de tanto esporte a qualquer hora. Afinal, não é tão diferente: aqui também tem emoção, também ganha o melhor, às vezes alguém tem a função de juiz (embora sem o apito) e muitas vezes tem que ter um segundo jogo depois de alguns dias. Ah, e sempre tem um (ou vários) a quem o resultado não agrada. Vocês já podem imaginar, neste caso, quem foi essa pessoa: Júlia, lógico. Ela não viu nenhuma graça na reconciliação de Arturo com sua antiga namorada.

— Suponho que agora a gente já não poderá contar com ele quando organizar uma sessão de vídeo — disse, com olhos tristes.

No entanto, houve novas inscrições para as nossas maratonas de filmes. O primeiro a se incorporar foi Pablo. Ele vinha de vez em quando, e quase sempre trazia o filme. Tinha um gosto um pouco estranho. Eu, por exemplo, não tinha nem idéia de que se faziam filmes na Noruega, até que ele trouxe um sobre dois caras muito estranhos (e um pouco malucos) que acabam de sair ou de escapar (não entendi muito bem) de um hospital psiquiátrico de Oslo (acho). Era divertido, ainda que não acontecesse absolutamente nada nele. Bom, perto do fim, um dos dois tomava banho pelado num lago, em um lugar que parecia estar muito frio. Em compensação, os protagonistas não paravam de falar. E Pablo, que ria o tempo todo, repetia uma e outra vez:

— Esse roteiro é fantástico.

Não foi ruim, mas eu gosto muito mais de filmes em que sempre há uma pessoa má a ponto de destruir o mundo e um senhor dos Estados Unidos que o salva por muito pouco. O mal sempre é russo ou extraterrestre e o bom costuma ser bonitão. Acho que Lisa pensava igual a mim, mas a paixão deve ter afetado o cérebro dela de uma tal forma que ela já não sabia distinguir entre um filme de marcianos e um de noruegueses. Talvez porque, enquanto assistíamos e enquanto Pablo ria dizendo que o roteiro era muito bom, ela comia milho torrado com muita lentidão e olhava para o seu menino pelo canto do olho. Eu sei porque eu também não olhava para o filme.

O resto das coisas de que Pablo gostava era igualmente estrambótico: comida japonesa, ópera, o *Quixote* (me refiro ao livro), xadrez e corujas. Quanto às corujas, só gostava das de cerâmica, e não muito grandes, para a coleção dele. Tinha mais de quinhentas. Quando o tema aparecia, costumava dizer:

— As corujas são o símbolo da inteligência.

Não é que eu não goste dos rapazes com gostos diferentes. No dia em que eu encontrar alguém, quero que seja inteligente e original. A beleza tanto faz, se bem que nunca atrapalha. A única coisa que me importa de verdade é que não tenha barriga. Nunca. E também quero que seja sensível. Acho que essa é a parte mais difícil, mas tenho a esperança de que algum sensível deve existir, mesmo que numa galáxia muito distante. Pablo era inteligente, sim, mas também bonito. De cabelo liso e castanho, lábios grossos, pele queimada, olhos verdes, muito alto, com músculos (nem muito, nem pouco). Na verdade, prefiro não descrevê-lo mais, porque é o namorado de uma das minhas melhores amigas. Pela mesma razão, nunca tive olhos para ele. De qualquer forma, ele nunca teria dado bola para mim, porque mede exatamente o dobro da minha altura, o que significa que eu bato, mais ou menos, na cintura dele. Bom, talvez eu exagere pouco. Mas a nossa relação teria sido dimensionalmente impossível.

Se bem que talvez não haja no mundo tantas coisas impossíveis quanto a gente tende a pensar. Elisenda e Gus, por exemplo. Gus escreveu para Elisenda. Elisenda respondeu. Sou incapaz de imaginar o que disseram um ao outro. Três dias depois, iam juntos até ao banheiro (isso também é um exagero, mas bastante aproximado). Toda tarde era possível encontrar os dois na biblioteca, trocando impressões sobre a função fotossintética e outras questões fundamentais. Na hora do recreio, ficavam juntos para comer a merenda no corredor e, na saída, caminhavam juntos o trecho comum que levava às suas respectivas casas. Falavam muito baixinho, como se as coisas deles não importassem a mais ninguém e, quando alguém perguntava sobre a relação entre eles (quase sempre com alguma impertinência), respondiam com uma antipatia nunca vista:

— E o que você tem a ver com isso?

Acho, sinceramente, que eu ficava com um pouco de inveja.

Os preparativos para o casamento do ano continuavam. Num daqueles dias, quando cheguei em casa, minha mãe me disse:

— À tarde, Júlia vai vir buscar você. Você tem que ir à estilista da avó dela, para ver não sei o quê.

— É uma escolha de cores ou alguma coisa assim — me informou Júlia, quando liguei para averiguar.

Teresa não viria naquela tarde. Tinha que ir com Salvador escolher as alianças e falar com os músicos.

Antes que eu fosse embora, chegou a mãe de Júlia. Já não tomava o cuidado de trazer lenços descartáveis. A mamãe tinha comprado para ela algumas caixas, que deixava em cima da mesa da cozinha. Sempre que ela vinha, elas se sentavam lá para conversar sobre suas coisas. Isso é modo de dizer: na verdade, quem falava era a nossa vizinha e a minha mãe só a consolava de vez em quando, enquanto tomavam café. Aquele dia não foi uma exceção. Ao sair, consegui ouvir um fragmento insignificante da conversa:

— Ela ficou louca. Não quer casar na Igreja. A cerimônia será feita em romeno. E, além do mais, a costureira é daltônica.

Cléo-a-costureira-daltônica estava muito contente à nossa espera, com três xicarazinhas de chá com hortelã preparadas. Lisa estava impaciente para saber do vestido.

— Não tenham pressa, meninas — dizia Cléo, fechando um par de pálpebras de cor verde esmeralda —, que a pressa é inimiga da perfeição. Tudo no seu devido tempo. Isso eu aprendi na África. Lá eles riem muito das nossas pressas constantes. Aos olhos deles, nós parecemos uma raça de gente desgraçada, sempre de um lado para o outro sem chegar nunca a nenhum lugar.

— Você esteve na África? — perguntamos.

— Sim, várias vezes.

— Tem leão, lá? — perguntei.

Cléo sorriu devagar. Era um sorriso um pouco triste, que a deixava estranha.

— Na África, há muitas surpresas.

— E você foi fazer o quê, lá? — quis saber Lisa. Ser um pouco impertinente faz parte da personalidade dela. Nós que gostamos dela sabemos perdoar isso.

Cléo levantou a vista, como se estivesse lembrando alguma coisa muito agradável e muito distante no tempo.

— Ter um namorado africano. Foi isso o que eu fui fazer lá.

Nenhuma de nós esperava essa resposta. Não sei por quê, mas Cléo parecia esse tipo de mulher que você nunca imaginaria casada ou mãe de família. No entanto, as pessoas mais velhas também fizeram coisas interessantes.

— E você casou com ele? — perguntou outra vez a mais impertinente das três.

— Eu teria gostado disso — disse Cléo —, mas não foi possível.

Aquela conversa mantinha a gente com o coração na boca. Era pior do que um filme de suspense, porque era real.

— Desapareceu — disse a estilista, enquanto saboreava seu chá com hortelã.

Durante alguns décimos de segundo ficamos esperando que a frase continuasse, que ela nos dissesse alguma coisa a mais, algum desenlace mais parecido com o dos filmes que acabam bem, alguma explicação. Em vez disso, Cléo se levantou e saiu em busca de uns tecidos que ela queria nos mostrar.

— Morreu? — nos perguntou Lisa, também indignada com aquele final.

Levantamos os ombros. A gente também queria saber o que tinha sido feito dele. Por sorte, Cléo satisfez as nossas dúvidas:

— Foi fazer um safári e nunca voltou. Nenhum dos que foram com ele voltou. Eram sete pessoas. Os corpos não foram encontrados nem nunca mais se ouviu qualquer notícia sobre eles.

Fez-se um silêncio terrível em que a gente nem reparou que até Cléo tinha ficado calada. Acho que ela deve ter-se dado conta disso, pois então pegou o controle remoto de seu som e de imediato começou a tocar alguma coisa que parecia salsa: "Quando Torquillo nasceu já era torto e meio calvo/ assim que viu a sua cara se persignou todo o bairro."

— É meu antídoto contra a tristeza — disse, recuperando sua expressão habitual. — Nunca falha. E agora, venham, mãos à obra.

Os tecidos que ela tinha separado para a gente estavam em um pequeno provador, em cima de uma cadeira.

— Tenho algumas idéias sobre a indumentária de vocês que acho que agradariam a Teresa — disse Cléo. E acrescentou: — Sempre e quando vocês estiverem de acordo, é claro.

Não sei o que vocês pensarão, mas a imagem que eu tinha criado para três damas de honra de 11, 12 anos era um tanto clássica. Brega, diria eu. Imaginava aquelas meninas magrelas que saem nas revistas femininas quando alguém de renome se casa: flores no cabelo, laços nas costas, vestidos de tafetá e sapatinhos de verniz horríveis. Nós, Supermeninas, nunca vestiríamos isso, e nós três sabíamos. Por isso, quando Cléo falou de nós nos vestirmos igual à noiva, as três sentimos um ligeiro mal-estar, algo como uma ânsia, que nenhuma de nós demonstrou, é claro.

No entanto, tudo isso passou quando a gente viu os tecidos. Eram brilhantes, grossos, de cores gritantes: lilás, verde e roxo. Pareciam os vestidos de uma festa de carnaval.

— Vocês gostam? — perguntou a Cléo —, tem um para cada.

— São muito bonitos — disse Júlia —. Mas parece que não combinam muito.

— Bobagem — desdenhou Cléo. — Deixe-me ver, Lisa, vem aqui debaixo da luz, para que eu te veja.

Lisa obedeceu e se situou bem debaixo do foco de luz, em frente ao espelho. Eu e Júlia ficamos atentas à operação a alguns passos dela. Cléo colocou o tecido sobre os ombros de Lisa, o enrolou na altura do umbigo e se retirou um pouco para olhar.

— Lindíssima — sentenciou, muito satisfeita.

Quando chegou a minha vez, Cléo repetiu os mesmos movimentos. Eu acabei ficando com o tecido roxo.

— Não é um pouco chamativo para um casamento? — perguntei.

Cléo parou de repente e me olhou. Um par de agulhas apareciam por entre os lábios dela. Ela franziu a testa:

— O que quer dizer com chamativo? — parecia chateada.

— Não sei... — aquela reação dela me confundiu —, vistosos. Gritantes — disse eu.

— Mas você não é chinesa? — inquiriu.
Eu assenti.

— Que eu saiba, na China as mulheres se casam de vermelho. A cor da paixão, da intensidade, uma cor muito bonita. E muito alegre, com certeza. Na África, as mulheres se casam com as suas melhores roupas, é claro, aquelas de cores mais vivas, e também as douradas ou prateadas. E se adornam com brincos chamativos, grandes pulseiras e colares que aqui pareceriam um exagero. Vocês não acham que essa indumentária reflete muito melhor a alegria de um casamento do que as tediosas cores pálidas que costumam usar as nossas noivas? Nos países orientais, a cor branca significa dor. Eles expressam o luto pela morte de alguém, por exemplo, se vestindo de branco.

Pensei nos vestidos de noiva que a gente tinha visto e me lembrei de Teresa, afirmando, muito categórica:

— Eu não vou me vestir de ovo frito!

Segundo o nosso guia, intitulado *Fale chinês sem dificuldade*, ovo frito, em mandarim (a modalidade da língua chinesa mais falada no país), se diz "yi jianjidàn". Coisas úteis assim tinham absorvido nosso cérebro naqueles dias.

Talvez Cléo tivesse razão, mas nós não podíamos deixar de nos sentir um pouco estranhas. E tinha uma coisa a mais, que nenhuma de nós três se atreveu a confessar até um pouco mais tarde, depois de sair do ateliê. A gente sabia que a amiga de Teresa era daltônica. Ela mesma tinha contado: não diferenciava algumas cores e confundia outras, ou algo parecido. Quem garante que ela não estava confundindo todas aquelas cores dos tecidos que fez a gente experimentar? Como podíamos ter certeza de que ela não confundiria as cores do vestido de noiva? E como diríamos isso a ela sem que ela pensasse que éramos umas intrometidas? O que aconteceria se Teresa aparecesse no dia do casamento com um vestido metade lilás, metade verde?

Júlia tinha a resposta exata para essa pergunta fundamental:

— A minha mãe teria um ataque, com certeza.

Ao chegar em casa naquela tarde, tudo aquilo que Cléo tinha contado sobre como os africanos nos vêem ganhou um sentido especial. Papai não tinha chegado e mamãe estava correndo de um lado para o outro sem muito sentido: o jantar estava queimando, o telefone tocando, tinha que pôr a secadora para funcionar, tinha uma vizinha esperando na porta para pegar emprestado um pouco de pão ralado, a mala estava aberta em cima da cama, a TV gritava alto demais e ela ainda não tinha resolvido sua confusão sobre a roupa e as estações do ano. Nisso, chegou a mãe de Júlia com a sua carga habitual de preocupações sem solução e eu decidi por minha conta e risco me encerrar no banheiro, tomar uma chuveirada e ler um gibi. Essa é a minha terapia particular contra o estresse.

Naquele dia, a conversa entre as duas vizinhas foi um verdadeiro jogo de absurdos.

— Minha mãe quer organizar um almoço familiar para que nós nos conheçamos antes do casamento e eu não sei o que vestir — dizia a mãe de Júlia.

— Ai, eu também tenho dúvidas sobre a roupa que temos que levar para a viagem. Você levaria capa de chuva? — respondia a minha mãe.

De repente tocou o telefone, se fez um silêncio de vinte segundos e a minha mãe bateu com os nós dos dedos na porta do banheiro.

— Onde você está, filha? É para você — anunciou: — é a Júlia.

— A minha avó e Salvador estão organizando um almoço para que todo mundo se conheça — me informou Júlia. — Em um terraço, na frente do mar. Daqui a umas duas semanas, justo depois da sua viagem.

Escutei em silêncio a explicação da minha amiga antes de dizer que sim, que eu já sabia, que a mãe dela não sabia o que vestir na ocasião e que alguma coisa estranha acontecia na minha casa com os preparativos da viagem, porque nem dava para reconhecer a minha mãe. Disse que nunca tinha visto mamãe tão nervosa, tão acelerada, tão estranha. Nem papai tão ocupado. Que me parecia haver algum mistério em tanta ausência de papai e tantos nervos de mamãe.

— Também, seu pai tem uma amante — disse de repente, com voz de muito mistério e suspense. E acrescentou: — É o que dizem nos filmes.

— Não fala besteira — repliquei eu —, se ele não tem tido forças nem para mamãe.

Ela prometeu me ajudar a investigar o mistério. A gente já ia desligar quando ela soltou:

— Puxa, Anali, falando de mistérios, você tem notícias de Arturo?

— Nada — menti. — Nada mesmo.

Na verdade, Arturo tinha se mandado com a Ana Maria para passar uns dias num lugar de nome horrível que eu nunca consigo lembrar. Verruga, ruga... alguma coisa assim. Um lugar com praia onde os pais da ruiva tinham um apartamento com uma bonita vista para a estrada, mas a uma distância prudente do mar.

— O que você tem que fazer é procurar um da nossa idade. A gente não consegue competir com a Ana Maria, você tem que se conformar. Não temos celular, não nos deixam dormir fora de casa, não usamos maquiagem, não nos deixam entrar nas discotecas. Nem usamos sutiã porque ainda não terminamos de crescer. Esquece Arturo — dizia eu, disposta também a explicar qual tinha sido o meu sistema para esquecer Mike Pita.

Júlia, no entanto, não me dava nenhuma bola.

— Eu prefiro esperar — dizia ela —, vai chegar o dia em que a diferença de idade não vai ser tão importante e eu vou poder fazer todas essas coisas, ainda que não tenha muita clareza no que diz respeito ao sutiã. Além do mais, eu sou muito mais interessante do que a Ana Maria.

Coitada da Ana Maria. Desde que a gente a tinha trancado no banheiro, ela não quis mais voltar ao estúdio do namorado. Eu teria feito a mesma coisa, francamente. E era melhor mesmo que não voltasse por ali, ou as duas louquinhas das minhas amigas inventariam de novo deliciosas e inofensivas torturas para ela. Tudo para que deixasse Arturo em paz.

— Não vão ficar juntos nem por duas semanas — previa Lisa, talvez com a intenção de animar a Júlia. — Você só tem que esperar.

Nisso, Júlia tinha um tanto de paciência chinesa e outro tanto de sabedoria africana. Escutava quando a gente falava com ela e respondia, muito segura:

— Vou esperar. Não há pressa.

Os efeitos que uma paixão causa nas pessoas são imprevisíveis. Tem gente que engorda e gente que emagrece. Alguns ficam eufóricos e outros passam o dia tristes, quase doentes (tem gente que considera a paixão uma doença que dura três meses e que, em seguida, ou se cura ou mata). É fácil perceber muitos dos que estão apaixonados pelo tanto que ficam radiantes. Rejuvenescem, a pele se estica e até parece que cresceram alguns centímetros, como acontecia com Teresa e Salvador. Outros, como Júlia, ficam cinza, pálidos, adoentados e acabam parecendo anêmicos ou velhos. Tem gente que ganha com o amor um vigor especial, muita vontade de fazer coisas e até inquietações que nunca havia experimentado antes. Eu sei de um que se apaixonou e aprendeu vinte idiomas em quatro anos (para conseguir isso, se valeu de um método especial que dizia ter sido por ele mesmo inventado). Outros, em compensação, acabam sendo dominados pela preguiça e não há jeito de tirá-los da cama antes das dez ou de fazer com que cumpram com as suas obrigações. Chegam à escola e ficam abobados olhando para a lousa, querendo que alguém finalmente toque o sinal que indica que já é hora de ir embora. Ou chegam ao trabalho e se alheiam em frente à tela do computador, olhando sem ver nada, pensando nas coisas deles e desejando que bata logo a hora de tomar o café da manhã para ir olhar o jornal sem ler as notícias.

De tudo isso se pode deduzir que o amor é o sentimento mais estranho e mais imprevisível de todos os que um ser humano entre zero e cem anos pode experimentar. Também se pode deduzir que, já que ele nos afeta de um jeito que pode até ser perigoso para a saúde e para a integridade física, o mais razoável seria fugir dele como se fosse fogo. Isso explicaria por que o amor seria um sentimento de minorias, que só sentiriam alguns suicidas ou uns poucos aventureiros, como ocorre com os saltos de pára-quedas e a descida de barco por águas bravas. No entanto, acontece exatamente o contrário: o amor é o único esporte de risco que toda a humanidade pratica, quase sem exceção e em qualquer idade. Está dito que não há quem entenda os seres humanos.

Gus, para não ir mais longe, foi transformado pelo amor. Como os girinos, que viram rãs. Ou como as lagartas, que viram borboletas. Ele chegou um dia ao colégio, sentou-se no lugar dele e de repente, zás, era outra pessoa: não usava óculos.

— O que aconteceu com você? — perguntei, olhando a cor dos olhos dele, que agora podiam ser muito bem vistas.

— Nada. Por que você está perguntando? — respondeu, dando uma de interessante.

— Os óculos. Você não pôs os óculos. Estão quebrados?

— Agora eu uso lentes — explicou, sem dar muita importância, mas com uma expressão de indiferença que significava alguma coisa do tipo "Oi, eu sou o novo Gus". — Meus pais me levaram ao oculista.

— Você fica melhor assim.

— Eu sei. Obrigado.

O pedantismo não tinha nada a ver com Gus, tão acostumado a que ninguém desse bola para ele. A resposta dele era mais um fruto dos comentários dos outros. Todo mundo que o via acabava dizendo como ele estava bonito sem óculos e comentando alguma coisa sobre a cor dos olhos dele.

— Nunca tinha reparado neles — dizia alguém.

Ao que ele respondia, muito tranqüilo:

— Eles sempre estiveram aí.

— Você está usando lentes coloridas, não é? — queria saber um outro, incrédulo até diante da evidência.

— Essa é a cor dos meus olhos desde que eu nasci — esclarecia Gus.

Até parecia mais forte e mais alto. Eu sei que é ridículo, mas parecia. E não só para mim. Elisenda também o achou muito, infinitamente mais bonito. Quando, naquele dia, eu os vi caminhando juntos depois das aulas, comecei a pensar que tinha feito alguma coisa de errado, que algo tinha escapado de mim sem que eu percebesse, que alguma coisa tinha se estropiado. Na verdade, estava morrendo de ciúmes.

Coisas da paixão, meninas.

É proibido desmaiar na província de Hubei

E, nessas, chegou o grande dia. Mamãe finalmente havia conseguido terminar de fazer a mala. Papai a fechou. Acordamos tão cedo que ainda estava escuro. Pediram um táxi por telefone. O taxista tinha cara de não ter dormido (e era verdade: durante o trajeto, contou ao papai o quanto é perigoso trabalhar de noite e a quantidade de medidas que é preciso tomar para evitar assaltos e coisas piores). Não se recusou a colocar as malas no porta-malas, ainda que pesassem como pedras. Chegamos ao aeroporto quase duas horas antes da saída do nosso vôo. Primeiro, seria preciso ir a uma cidade chamada Helsinki, onde faz muito frio. De lá, uma espera de três horas e outro avião até Beijing que, caso vocês não saibam, é o nome chinês de Pequim, só que escrito como os chineses o pronunciam, porque eles escrevem com desenhinhos. Bom, demora a explicar e é um pouco complicado. Aprender chinês é muito difícil, até para os chineses. Outro dia conto para vocês. E da grande cidade até a província onde eu nasci. Quer dizer: outra espera, outro avião. Para ser a minha primeira vez, não estava nada mal.

O mais decepcionante de tudo? Esqueci o caderno em casa. Que raiva. Depois de tantos planos, depois de tanto repetir que ia anotar tudo.

O mais emocionante? Pela primeira vez na minha vida, subi num avião. Foi uma sensação inesquecível, como entrar numa nave especial. Mas o melhor estava por vir. O avião que realmente me impressionou foi o outro, o que tomamos de Helsinki até a China. Era enorme. Muito maior do que vocês podem imaginar. Maior (acho) do que o pátio do meu colégio. Acho que teriam cabido sem problemas todos os meninos e as meninas da escola e ainda sobraria espaço para os professores, os inspetores e até para os psicólogos. Era impressionante. E olhar pelas janelas, a melhor parte. Dava para ver um mundo ali embaixo, como se fosse uma maquete ou o presépio que papai e mamãe se empenham em nos fazer montar todo ano e que, quando eu era pequenininha, me fazia pensar que os rios eram feitos de papel prateado.

Mas houve algumas coisas anteriores a esse momento que eu também quero lembrar. Uma das melhores, já que estou falando do colégio, foi a reunião que tivemos com o diretor uma semana antes da viagem. Meus pais o chamaram para dizer que tinham interesse em conversar com ele. Suponho que o diretor do colégio tenha se surpreendido, porque essas coisas costumam acontecer ao contrário. Ele nos recebeu depois das aulas, sorrindo do jeito que só sorri na frente de algum pai. No particular — quer dizer, com a gente, seus queridos alunos e alunas — o diretor não costuma ser tão amável. Bem pelo contrário. Claro que tudo na vida tem a sua explicação: ele se chama Marciano. Como é mais velho, meu pai sempre põe um "senhor" antes de dizer o nome dele. "Senhor Marciano" soa ainda mais estranho. Acho que, se eu tivesse um nome horroroso desse jeito, também seria mau-caráter.

— Como o senhor deve saber, senhor Marciano, adotamos a nossa filha na China há onze anos — começou papai, solene como só ele consegue ser.

O senhor Marciano dava umas cabeçadas no ar como se fosse dormir de uma hora para outra. Algumas vezes, de fato, ele dorme, e a gente não consegue deixar de rir, mas disfarça porque ele sempre acorda meio irritadiço.

— Ahã — assentiu, deixando que o meu pai continuasse.

— Naquela ocasião combinamos que, quando a menina tivesse idade suficiente para apreciar a viagem, a levaríamos para conhecer seu país de origem.

Desta vez o senhor Marciano foi mais indiferente: limitou-se a mexer a cabeça sem pronunciar qualquer barulho.

— Pois bem, achamos que este é um bom momento para que Anali viaje à China conosco, ainda que para isso tenha que perder alguns dias de aula. Por outro lado, a menina é esperta e aplicada e temos certeza de que na volta recuperará sem problemas as matérias que deixe de cursar nestes dias.

Ai, como o meu pai fala bem.

O senhor Marciano repetiu:

— Ahã.

Meu pai continuou:

— De modo que viemos comunicar a situação ao senhor para que possa autorizar as faltas em aula de Anali.

Muitos dos meninos e meninas que eu conheço adorariam escutar seus pais dizendo coisa parecida ao diretor do colégio. Claro que nem todos tiram notas tão boas quanto eu (e não digo isso por pedantismo, e sim porque é a pura verdade).

O diretor estendeu a mão e pegou um calendário que repousava sobre a mesa.

— Quais seriam as datas da viagem?

Meu pai recitou de memória o cronograma previsto: saímos no dia tal, ficamos ali tantos dias e tantas noites e voltamos no dia tal. Com a ponta de uma caneta, o diretor marcou as datas na página de seu calendário, sem perder nem por um segundo a expressão de estar fazendo uma coisa muita séria.

— Não há problema — sentenciou, finalmente. — Não há provas, porque o semestre acabou de começar. Não creio que qualquer professor julgue inconveniente que sua filha recupere a matéria que tiver perdido quando vocês retornarem da viagem. Avisarei aos professores.

Todos sorriam, um pouco bobalhões. Então o senhor Marciano olhou para mim e disse:

— Quando você voltar ao colégio, terá que se aplicar ainda mais do que de costume — disse.

— Claro — respondi eu.

"Recuperar" é uma palavra odiável. Era o pior de tudo que eu tinha pela frente. Mas, é claro, a perspectiva de quinze dias sem colégio e na China não tinha me oferecido, por enquanto, nenhuma oportunidade de pensar no que teria que recuperar na volta. Ou, o que dá na mesma, eu não me importava em nada com a recuperação. Pensaria nisso quando chegasse o momento.

A única coisa ruim dos aviões é que não tem muito para se fazer neles. Você pode ir e voltar do banheiro quantas vezes quiser, sempre e quando não haja turbulência. A turbulência é como um sacolejo de carro, só que no céu. O avião se mexe tanto que nem as aeromoças podem ficar de pé, e isso porque elas têm experiência, além de muito equilíbrio. Você também pode pedir coisas à aeromoça para passar o tempo: aspirinas, suco, água ou um tiragosto (no caso, uma espécie de sanduíche de presunto de York), mas isso só se você tiver ficado com fome depois do almoço. A cada certo tempo, as aeromoças distribuem bandejas com comida. O mais divertido é que você nunca sabe se é hora de tomar café da manhã, almoçar ou jantar, porque sempre é de noite e porque já perdeu a noção do tempo. A única coisa de que você tem noção é que está com um buraco no estômago do tamanho de Madri e que é preciso enchê-lo do jeito que for. A comida (pouca, a exata, genial) vem dentro de caixinhas muito bem tampadas. Trazem dois pratos e a sobremesa, e depois também oferecem café, balas e toalhinhas impregnadas em colônia. É muito divertido comer assim. Em seguida, começa um dos filmes que passam durante a viagem. Você assiste a eles numa tela grandona e escuta através de uns fones de ouvido que se conectam no assento. É como ir ao cinema, só que voando. A única coisa ruim é que não tem pipoca nem chocolate. Outra possibilidade é escutar música (há vários canais a que você pode se conectar, sem se levantar da poltrona), ou ler à luz de uma pequena lâmpada que ilumina o que você quiser e que fica justo em cima do seu assento, ou dormir reclinando o encosto, vestindo umas meias especiais e se cobrindo com a manta (eles fornecem tudo isso no começo da viagem, mas tem que devolver no final, que pena). Por último, você pode fazer umas compras, porque na parte de trás do avião vendem de tudo, de perfumes a bombons, mas papai e mamãe não quiseram comprar nada, sob o pretexto de que estávamos levando muita bagagem de mão e que era preciso guardar dinheiro para quando chegássemos a Pequim. A única coisa de que não gostei foi que uma das aeromoças me trouxe lápis de cor e um caderno para colorir (de presente, isso eu não tinha que devolver), como se eu fosse uma menininha pequena. Imagino que tenha calculado a minha idade pela minha altura, e não por outras coisas, como meu nível de conversação. Por isso se confundiu. Não é a primeira vez que acontece isso.

Até Helsinki demoramos umas quatro horas, que pareciam muito longas, mas acabaram não sendo nada no fim da viagem. Meu pai me ensinava coisas pela janelinha:

— Olha, Anali, ali estão os Alpes, não é impressionante?

Eu já não via nada. Estava saturada, à beira de um curto-circuito. Novidades demais para um dia só. Além do mais, estava começando a ficar cansada.

Estranhamente, ao chegar em Helsinki, papai disse que tinha que atrasar o relógio em uma hora, que ali era uma hora a menos do que no nosso país. Eu nunca uso relógio, por isso me livrei. Mas ele logo me explicou uma coisa ainda mais estranha.

— Em Pequim, vamos ter que mudar de novo a hora, porque a diferença é muito maior: onze horas a mais que na Espanha.

Ele desenhou para mim um mapa do mundo e fez uma confusão explicando esse negócio das horas, desenhando setas e traçando linhas, falando sobre como a Terra gira, onde está o Sol e não sei quantas coisas mais, porque não entendi quase nada.

Seja como for, depois de umas mil ou duas mil horas de vôo (estou exagerando, na verdade foram sete e meia, mas é que o tempo no avião passa muito devagar), finalmente chegamos à China. Eram oito da manhã, e eu me sentia como se tivesse passado a madrugada acordada e dançando, mais ou menos como me sinto no *Réveillon*, depois da farra da noite anterior — esgotada. Não conseguia mais dar nem um passo.

— Você já vai dormir no próximo avião — disse mamãe, fazendo carícias na minha testa.

— Ah, é? Mas a gente não pode ir ao hotel dormir um pouco?

— Nosso hotel fica a muitos quilômetros de Pequim, pelo menos por enquanto. Um guia está nos esperando no aeroporto para nos dar o papel das reservas. Você vai ver como não vai demorar muito, filha. É a reta final. Olha — mostrou pela janelinha —, já chegamos ao seu país. Você não está emocionada?

Estava sim. Quando vi pela janelinha do avião o primeiro pedaço do meu país de origem, quase fiquei com vontade de chorar de alegria.

Assim que aterrissamos em Pequim começaram a acontecer coisas muito estranhas. Para começar, um guia muito risonho e mais baixinho que eu, que toda hora fazia reverências, esperava a gente com um cartazinho na mão em que se podiam ler os nomes dos meus pais. Chamava-me Tin, mas eu ainda demoraria uns tantos dias para conhecê-lo melhor. Pelo momento, ele tinha algumas coisas a acertar com papai, então mamãe propôs que a gente fosse dar uma volta pelas lojas do aeroporto. Na verdade, aquilo me pareceu um pouco estranho, ainda mais com o cansaço que nós duas sentíamos, mas me deixei levar. Fora, na rua, se adivinhava uma cidade tumultuada, cruzada por milhares de pessoas e por carros que viajavam em velocidades vertiginosas.

Papai demorou mais do que o esperado. Mamãe já não sabia mais o que fazer para distrair da espera, e eu já tinha percebido fazia um bom tempo que ela não queria que eu descobrisse o que o meu pai estava fazendo.

"Será que tem alguma coisa a ver com a bolsa misteriosa?", pensei, de repente.

E de imediato soube que sim, que era isso, exatamente, o que estava acontecendo ali. Vocês nunca sentiram uma intuição tão forte que é quase uma certeza, como se alguém soprasse de repente as respostas para uma prova em que tinha dado um branco? Pois foi isso o que aconteceu comigo naquele momento. Em seguida, só pude começar a pensar em coisas terríveis: E se os meus pais estivessem traficando alguma coisa? Não precisava que fosse uma coisa muito ruim. Há lugares em que as pessoas fazem contrabando de qualquer coisa. A bolsa misteriosa poderia estar cheia de tabaco, café ou talvez açúcar.

Depois de um tempo, o papai voltou muito sorridente, com alguns papéis na mão.

— Tudo arranjado. Nosso vôo sai daqui a duas horas. Vamos almoçar alguma coisa.

Almoçar? Não teria sido mais apropriado falar em tomar o café? Fosse como fosse, tudo o que eu tinha era sono. A fome tinha ficado esquecida, no momento meu corpo tinha outras prioridades. Além disso, tudo aquilo me cheirava a armação. Segui a correnteza do meu pai porque não tinha outro remédio, mas prometi a mim mesma continuar muito atenta a todos os movimentos dele a partir daquele instante. Fosse o que fosse aquilo que eles estavam aprontando, Anali descobriria.

Não demorei muito para confirmar as minhas suspeitas. Durante o almoço, notei que os meus pais se olhavam, nervosos. Mamãe esfregava as mãos, como sempre faz quando está histérica. Uma vez descobri os dois fazendo sinais um para o outro quando achavam que eu não estava vendo, e pararam de repente quando eu virei para olhar. Fui ao banheiro e, quando voltei, eles ficaram mudos de repente para em seguida começar a sorrir de um jeito idiota que eu nunca tinha visto neles antes. Numa ocasião, inclusive, descobri os dois dizendo coisas desconcertantes e ficando carinhosos um com o outro sem nenhum motivo.

— Já falta muito pouquinho, amor, você não está nervoso? — perguntava mamãe enquanto apertava a mão de papai.

— Mais do que da primeira vez — disse ele.

— Eu também — confirmou ela.

Eu ficava quieta e observava. É a melhor forma de desvelar um mistério, caso vocês não saibam. Se você fica falando o tempo todo, não tem tempo de escutar nem de prestar atenção aos detalhes.

Quando terminamos os refrigerantes, o arroz, o café aguado e o pão, chegou o momento decisivo. O papai limpou a garganta, como se fosse começar um discurso, e disse que eles tinham me preparado uma surpresa, e das grandes. Mamãe sorria, entre orgulhosa e emocionada, mexendo a cabeça para confirmar aquelas palavras.

— Pensamos que talvez você quisesse conhecer outros lugares do seu país, além da cidade aonde nós fomos buscá-la — disse papai —, e por isso organizamos uma excursão a outra província.

Aquilo me deixou gelada. Outra província? Que outra província? Que lugar poderia existir em toda a China que me interessasse mais do que Xian?

— Hubei! — exclamou mamãe, eufórica. — A capital é Wuhan.

Ela me mostrou uma foto do guia em que se viam umas montanhas e uns campos de arroz. No começo, pensei que fosse uma brincadeira. Mas não. Não era. Partimos para Wuhan pouco depois.

— Eu queria ir primeiro para Xian — protestava eu, cada vez mais cansada.

Mas meus pais não pareciam se comover muito com as minhas queixas.

— Você vai ver como vai gostar de Wuhan.

O vôo até a província de Hubei saiu um pouco atrasado e durou quase duas horas. Foi o tempo mais longo da minha vida. Além do mais, tive que suportar as olhadinhas e os sorrisos que papai e mamãe trocavam o tempo todo, já totalmente descarados, como se eu não estivesse lá.

Ao chegar ao aeroporto de Wuhan, moídos, encontramos uma senhora que também sorria e fazia reverências.

— Sou Felisa, do Instituto da Mulher — cumprimentou-nos.

Eu pensei que tudo aquilo fosse um erro (que Instituto da Mulher?), mas meus pais se alegraram muito quando souberam quem era ela. Saímos juntos do aeroporto, carregando as malas (entre elas, a bolsa preta misteriosa), e entramos num carro que nos esperava na porta. A essa altura, eu já sabia muito bem que os meus pais estavam trazendo alguma coisa estranha (e se também fosse ilegal?) nas mãos. A culpa, eu continuava a pensar, era daquela bolsa misteriosa cuja sombra me perseguia desde a primeira vez que eu a tinha visto debaixo da cama dos meus pais. Ao que parece, além do mais, tinha mais gente envolvida: eram apenas o chinês baixinho das reverências e Felisa, que falava muito bem o castelhano, apesar de ter um sotaque um pouco estranho. A toda hora me perguntava coisas idiotas, do tipo:

— Você gosta do seu país?

Ou:

— Está contente?

Ou o que todo o mundo sempre me perguntava (os chineses também):

— Você se lembra de alguma coisa de quando você vivia aqui?

Eu não respondia. Também ela parecia piscar de um jeito cúmplice para os meus pais, então me conformei com o fato de que tudo aquilo era uma coisa muito estranha, organizada pelos adultos por trás das minhas costas, e da qual eu não queria saber nada.

A gente atravessou alguns campos cultivados onde se podiam ver muitas pessoas trabalhando e também um e outro povoado, os mais pobres que eu já vi na minha vida. Tudo aquilo me deprimia um pouco. Acho que o meu pai percebeu:

— Nem toda a China é assim, você vai ver.

De repente, na metade de uma série de prédios que estavam caindo aos pedaços, apareceu a fachada imensa do nosso hotel, um edifício com todos os luxos onde também esperavam a gente.

"Que tipo de negócio estranho a gente veio fazer aqui?", eu me perguntava, sem suspeitar que estava cada vez mais perto de conhecer a resposta dessa pergunta. Mamãe não soltava a bolsa preta. Reparei no cuidado que ela tinha em não a perder de vista. Acho que, num descuido, ela a teria aberto, se não estivesse fechada com um cadeado.

Quando nos deram a chave do quarto, pensei:

"Finalmente vou dormir."

Juro que, nesse momento, depois de uma viagem em que a gente tinha atravessado o mundo, eu tinha deixado de lado as minhas intrigas e só pensava em tombar na cama. No entanto, assim que entrei no quarto entendi que ainda não poderia realizar o meu desejo. Tinha havido um erro. Ali havia três camas e um berço de bebê. Estava claro que se tratava de um quarto preparado para receber outras pessoas.

— Não importa — disse papai —, vamos tomar banho e depois cumpriremos todos os procedimentos que for preciso para consertar isso.

Não dei bola. Sentei-me na beira da cama grande e esperei. Não entendia nada, mas estava tão cansada que não tinha forças nem para reclamar. De repente, escutei um barulho estranho no corredor. Era uma coisa assim como um grito de alegria. Era uma voz de mulher, e parecia muito excitada. Mamãe saiu do banho com o cabelo molhado e, vestida só pela metade, olhou para papai.

— Já? — perguntou.

Eles também pareciam muito contentes.

Sem me dar tempo para entender nada, mamãe abriu a bolsa preta e misteriosa e tirou de dentro uma espécie de chocalho. Foi minha oportunidade de dar uma olhada no interior dela: duas mamadeiras, fraldas, um pacote de cereais, um ursinho de pelúcia e roupinha de bebê. Na verdade, não me pareceu exatamente o tipo de material que um traficante levaria na bolsa.

— Vamos, Anali, depressa! — ordenou papai, me agarrando pelo braço e me arrastando até o elevador.

Com a emoção, acho que se esqueceram até de fechar a porta.

— Aonde a gente vai? — perguntei.

Não me responderam. A histeria tinha explodido como fogos de artifício e, enquanto subíamos pelo elevador até o quarto andar do hotel, papai e mamãe se abraçavam e riam, completamente fora de si.

— Você vai ver que surpresa, filha — disse papai, me abraçando também.

Quando a porta do elevador se abriu, vimos três mulheres chinesas carregando três menininhas. A alegria das mulheres contrastava com a seriedade dos bebês. Papai e mamãe olharam detidamente cada uma das três e pareceram escolher uma.

— Fu Yu Hang? — perguntou mamãe, como se soubesse o nome da desconhecida.

A mulher que a carregava assentiu e disse alguma coisa em chinês que a gente só entenderia mais tarde:

— *Zhe shi ni ma ma*.

Papai apressou-se em tirar uma câmera fotográfica a fim de imortalizar o momento para a posteridade: Fu Yu Hang com cara de assustada, eu com cara de não entender nada e mamãe e a cuidadora mais contentes do que nunca. No fim, quando eu já estava à beira de um colapso, quando já começava a pensar que tinha entrado na viagem errada ou que os meus pais tinham ficado loucos, papai me explicou tudo:

— Vem, Anali — disse, enquanto pegava a menina nos braços. — Olha, Fu Yu Hang — disse a ela, que olhava para ele com os olhos muito abertos —, quero apresentá-la a Anali, sua irmã mais velha.

Se eu não desmaiei naquele momento, não vou desmaiar nunca. Fu Yu Hang devia estar pensando a mesma coisa, a julgar pela cara com que ela me olhava.

— Você queria uma irmãzinha, não era isso? — disse mamãe. — Pois aí está. O que você acha?

Eu não conseguia dizer nada. Acho que gritei. Apertei as mãozinhas de Fu Yu Hang e senti vontade de chorar. Ela riu. Acho que a gente se deu bem desde o começo.

— Vamos chamá-la de Sandra Yu — informou mamãe —, você gosta?

— Sandrayú — repeti.

Com certeza Júlia e Lisa adorariam o nome da minha irmã. E a minha irmã.

As avós não fazem essas coisas

A primeira coisa que fiz, assim que cheguei em casa, foi chamar as minhas amigas para contar a elas a grande notícia:

— Tenho uma irmã! Ela se chama Sandrayú.

Também chamei Teresa e Salvador:

— A gente importou da China uma irmã, Sandrayú!

As reações foram de surpresa, mas também de muita alegria. A mais explícita foi Teresa:

— Nossa, como fico contente. Que feliz que vai ser essa menina do lado de vocês.

Todo mundo coincidiu em querer conhecê-la. Pensei que uma boa oportunidade seria a comilança organizada por Teresa para o dia seguinte. Estariam presentes os pais de Júlia, o filho de Salvador e alguns outros parentes. E nós, na nossa condição de damas de honra da noiva. Teresa achou uma boa idéia que eu levasse a minha irmãzinha.

— Assim a minha filha vai deixar de pensar por algum tempo no quanto é azarada porque sua mãe está casando de novo — disse.

E, antes de desligar o telefone, vaticinou:

— Imagino que, com tantas novidades, Sandrayú e você vão ser o centro das atenções.

De fato, tinha tanta coisa para contar que eu começava a me perguntar se algum dia terminaria de fazer isso. Eu tinha me proposto escrever as minhas aventuras chinesas no diário que não levei na viagem por culpa da minha cabeça ruim, mas agora também duvidava que um caderno só seria suficiente.

Mas vou começar pelo que é importante. Vou tentar explicar como é Sandra Yu, minha irmã pequena. Quando a conhecemos, ela estava prestes a completar dez meses de vida. Diferentemente do que aconteceu comigo, dela sim se sabia a data exata do nascimento: dia 25 de janeiro. Portanto, era possível ter certeza de que era do signo de aquário para os ocidentais e serpente para os chineses. A serpente, diferentemente do que acontece deste lado do mundo, não é considerada na China um animal desagradável, muito pelo contrário: eles acreditam que ela atrai a boa sorte e a riqueza. As pessoas nascidas sob esse signo se destacam por sua inteligência, por seu autocontrole e por sua serenidade, e têm vocação para se dedicar às artes ou às finanças. As mulheres de serpente têm fama de bonitas e inteligentes. Além do mais, existe uma lenda segundo a qual uma serpente pode transformar-se a qualquer momento em uma mulher de beleza espetacular e permanecer assim desde que não beba álcool pelo resto da sua vida, ou voltará imediatamente a ser réptil. Eu espero que a minha irmã Sandrayú demore vários anos para saber disso tudo, caso contrário ela vai se converter em uma petulante incorrigível.

Por enquanto, Sandrayú tinha um corpo magro, mas uma cara redondinha e agradável. Tinha o cabelo muito curto, cortado desajeitadamente (ele crescia muito rápido e mamãe começou a fazer rabos), e não demonstrava ter muito autocontrole, principalmente se tinha comida envolvida. Já na noite da sua chegada percebemos que ela tinha uma fome voraz. Ela se lançava sobre os pratos cheios de comida e engolia o arroz sem mastigar. Também tomava umas mamadeiras enormes de leite com cereal. Gostava menos das papinhas (no que começou a demonstrar ser um bebê de bom-gosto), mas aquilo de que ela gostou mesmo foram os iogurtes. Ela ia tomando de dois em dois e parecia ficar com vontade de tomar mais. Isso descobrimos já em Pequim, na volta de Wuhan, onde aproveitamos para visitar umas lojas e comprar um montão de coisas para Sandrayú: um carrinho, roupa, fraldas, brinquedos e até um berço que levamos muito bem embalado no avião, de volta para casa.

— Todas essas coisas são muito mais baratas aqui — dizia a mamãe, para justificar sua febre consumista, que, por outro lado, era a mesma de sempre.

Pensei que era uma pena que Pequim ficasse tão longe, porque senão a mamãe e a mãe de Júlia poderiam visitar aquelas lojas a cada seis meses, em busca das melhores ofertas. Enfim.

Gostar de Sandrayú foi, desde o primeiro momento, a coisa mais fácil do mundo. Quando não estava comendo ou não se rendia ao sono, nos olhava com os olhos muito abertos, como se estivesse nos estudando. Reparava em tudo sem pestanejar. Muito séria, no começo. Depois ela começou a sorrir. No terceiro dia, ela já soltava umas risadas exageradas que nos contagiavam de bom humor, e também parecia ter vontade de brincar e de engatinhar. Começava a ficar confiante. A minha irmã também tinha, desde o começo, as preferências dela: a primeira pessoa de quem ela gostou fui eu. Papai disse que ela não parecia muito acostumada à relação com adultos e ainda menos com adultos tão estranhos quanto eles eram para ela, como os seus traços ocidentais e seus cabelos claros. Ela logo começou a se deixar acariciar pelo papai, e muito rápido aceitou que ele a carregasse de um lado para o outro. Com mamãe demorou um pouco mais, mas da primeira vez que ela se deixou ficar nos seus braços, no hotel de Pequim, nós três soubemos que Sandrayú acabava de nos adotar e que também ela estava começando a gostar de nós, ainda que precisasse de mais tempo do que os outros.

Enquanto acontecia tudo isso, eu aproveitava para treinar os meus poucos conhecimentos de chinês, extraído do manual *Fale chinês em três dias*, que mamãe havia comprado na banca do nosso bairro antes de sair. Todo um achado. De manhã, por exemplo, eu gostava de entrar no restaurante do hotel cumprimentando os funcionários:

— *Ni hao, ni hao.*

Era a hora do café da manhã, mas podia ser a hora do jantar, porque aquelas palavras significam tanto "bom-dia" quanto "boa-noite" ou simplesmente "olá". Quando eu ia embora, me despedia como se deve:

— *Zai jian!*

E se ia dormir, também (só que diferente):

— *Wan-an!*

Quando me traziam o leite com chocolate do café da manhã, eu agradecia com muita educação:

— *Xiè-xiè.*

Até sabia pedir mais suco de laranja:

— *Zài bái yi béi* — dizia, como se nada daquilo fosse estranho para mim.

O problema era que, com o passar dos dias, cheguei a pronunciar tão bem essas cinco coisas em chinês, que muitos achavam que eu fosse de lá mesmo e me lançavam longos discursos na língua deles, diante do que eu ficava com cara de assustada e num silêncio muito incômodo que, além do mais, eu não sabia como romper. Acabava agradecendo e me despedindo, sem mais:

— *Xiè-xiè, zai jian*.

Quando contei isso para Lisa e para Júlia, elas morreram de rir.

— Do que foi que você mais gostou de tudo o que viu? — todo mundo me perguntava.

Era difícil escolher uma coisa só: a Cidade Proibida, os templos, a Grande Muralha, as pequenas ruas do centro de Pequim ou os restaurantes populares (que papai chamava de "comunistas") em que se comia a verdadeira comida chinesa. O pato laqueado foi toda uma descoberta, pena que para cozinhá-lo é preciso ter uma paciência de chinês (além de um pato). Mas eu sabia muito bem o que tinha me emocionado mais:

— Xian. A minha cidade.

Que aquela não é uma cidade qualquer eu soube rapidinho, cheia de um orgulho estranho que eu nunca havia sentido antes. Acontece que Xian fora a capital do país muito antes de esse título passar a Pequim. Ali nasceram doze dinastias de imperadores, além dos primeiros filósofos do Oriente. Foi entreposto muito importante de diversas rotas comerciais relevantes, como a Rota da Seda (para mais informações, é recomendável consultar o professor de história de plantão, que isto aqui não é nem um guia de viagens nem o suplemento dominical de algum jornal).

Também havia os guerreiros de terracota, que me deixaram sem fôlego. São figuras de barro que representam soldados armados — com armadura e tudo — para defender o seu senhor de não sei quais grandes perigos. As figuras foram encontradas não faz muito tempo, numa escavação da tumba de Qun Shi Huang, que hoje teria, se não tivesse morrido, uns dois mil e duzentos anos. O caso é que há uns oito mil guerreiros espalhados em várias grandes fossas, e isso que os arqueólogos ainda não escavaram nem a metade. Alguns dos soldados estão com os seus cavalos, também de tamanho natural. Pelo visto, o imperador achou que, se aquelas réplicas do seu Exército fossem enterradas com ele, poderiam defendê-lo dos males que o esperavam depois da morte. Acho os imperadores muito simpáticos, apesar de terem estranhezas como essas e serem, em geral, bastante presunçosos. Deve ser porque sinto como se eles fossem da família.

Mas o melhor de Xian talvez tenham sido os espetinhos picantes que comemos numa banca de rua do bairro muçulmano, quando estávamos indo visitar a Grande Mesquita. São vendidos com um pão de cereais muito gostoso. Papai também experimentou a cerveja chinesa, e disse que ela não deixava nada a desejar em relação à nossa ou a outras mais famosas, como a alemã. Eu pedi uma Coca-Cola que, acho, é igual em qualquer lugar do mundo, mesmo que o pai de Júlia às vezes ponha isso em dúvida (ele tem umas teorias muito engraçadas sobre esse assunto).

À Grande Mesquita fomos só papai e eu. Mamãe ficou num restaurante com Sandrayú, que de repente sofreu um ataque de fome e precisava com urgência repor as forças. Coisas da minha irmã com as quais a gente já ia se acostumando. Quando voltamos, ela estava dormindo como um tronco, com um sorriso de orelha a orelha desenhado no rosto e os braços e as pernas como os de um boneco de pano: a satisfação de sentir a barriga cheia e de ter do seu lado alguém que gosta e que vai cuidar de você. Isso também é típico nela: dormir em qualquer lugar. A parte do sorriso comecei a entender melhor quando descobri, graças ao meu manual de aprender chinês em três dias, que Yu significa "feliz". Quem pôs esse nome acertou em cheio.

A partir disso contei às minhas amigas uma coisa incrível e preciosa que aconteceu quando a gente chegou em casa. Também escrevi isto no meu diário. Vou tentar não deixar passar nenhum detalhe, ainda que seja a terceira vez que eu explico:

Quando a mamãe pôs para lavar pela primeira vez a roupinha de Sandrayú, percebeu que, num dos bolsinhos do vestido que ela estava usando quando a gente a conheceu, tinha um pedaço de papel grosso com uma inscrição em chinês. Primeiro imaginou que fosse uma etiqueta ou coisa parecida, mas quando reparou melhor descobriu que era um pedaço de cartolina escrito à mão com tinta preta. Guardou o papel e o mostrou ao papai. Depois de observá-lo na frente e no verso, meu pai disse:

— Vou pedir ao pessoal da Fundação que traduza para nós. Deve ser algo importante.

Ele se referia à Fundação que tramita todas as adoções na China, com quem eles estavam em contato havia meses. Naquela mesma tarde ele levou o papel. Quando voltou, com uma expressão bobalhona e emocionada, leu para a gente a tradução que lhe tinham entregado:

"Fu Yu Hang, que você encontre felicidade, saúde e riqueza. A sua mãe gosta de você e te deseja isso."

E já apareceram as lágrimas nos olhos de mamãe:

— A mãe dela? — perguntou. — Pensava que ela tinha sido abandonada.

— Mesmo assim a mãe dela foi vê-la — disse papai.

— Ou talvez fosse uma das cuidadoras — acrescentei.

Eles ficaram em silêncio, como se estivessem pensando no que eu tinha acabado de dizer.

— Não é um disparate — disse o papai.

— Vamos guardar para ela o papel — concluiu mamãe, dobrando a cartolina e a tradução — para que, quando ela for mais velha e a gente contar, ela saiba que sempre, em todos os lugares, houve gente que gostou dela.

Ai, como aquele comentário mexeu comigo. Eu tive que me fechar no banheiro para chorar por um tempo. Levei um gibi, para disfarçar, mas nem cheguei a abri-lo.

Como era de se esperar, Sandrayú causou sensação no almoço da avó de Júlia. A mamãe pôs nela um modelito espetacular: um macacão jeans, uma camiseta rosa e tênis esportivos. Ela estava usando muita colônia, a chupeta pendurada no pescoço como se fosse um colar da última moda e todo o seu repertório de sorrisos, que não parou de luzir o tempo todo, como se também ela se alegrasse por estar ali.

Eu, além de assumir ares de irmã mais velha, me dediquei a observar o que as pessoas fazem quando vêem um bebê: caretas ridículas, gritinhos histéricos, palavras que não apareceriam nem no mais brega dos dicionários, tipo "tesouro", "jóia", "mimoso" ou "ratinho" (não deveria ter sido "ratinha"?). A minha irmã, no entanto, não entendia nada. Ainda bem, porque se tivesse encontrado um sentido naquele sem-número de barbaridades — e todas a tendo como protagonista — teria uma impressão muito ruim das pessoas adultas que vai precisar suportar durante toda a sua vida.

O pouco tempo de almoço em que a minha irmã não foi o centro das atenções, os adultos presentes dedicaram-se a repetir frases feitas, dessas que não significam nada, e a comer mais ou menos com a mesma paixão que Sandrayú. A única que comeu pouquinho foi Júlia. Por quê? Simples: o *menu* era composto de melão com presunto e cordeiro no forno. E ela é uma vegetariana que detesta melão. O melhor foi a sobremesa: bolo de chocolate e um brinde muito animado em que Salvador, em romeno, desejou muita felicidade para todos (eu sei o que ele disse porque Teresa traduziu para mim). Sandrayú soltou três grandes risadas, como se estivesse proclamando aos quatro ventos que ela já tinha começado a ser feliz. Até a mãe de Júlia riu, e isso que ela tinha passado o almoço inteiro com expressão emburrada. Ah, eu estava esquecendo de dizer que nós três repetimos o bolo de chocolate, e sem nenhum sentimento de culpa. Um dia não faz diferença.

— Não tem casamento de uma avó minha toda semana — disse Júlia, para justificar os nossos crimes contra a dieta.

Antes de a gente ir embora, Júlia escutou a mãe dela dizer para a minha:

— Salvador parece ser uma pessoa muito boa. Se ele não fizer a minha mãe feliz, eu o mato.

As coisas, ao que parece, começavam a ficar mais fáceis. Pelo menos foi isso o que mamãe comentou naquela noite, durante o jantar.

O único que não se impressionou nem um pouco com a chegada de Sandrayú foi Gus. Talvez porque seus próprios assuntos lhe roubassem muita energia.

— Não é tão fantástico ter uma irmã — me respondeu, quando dei a ele a notícia, com sincera e sentida emoção. — Eu tenho uma e é um monstro. Você vai ver quando Sandrayú começar a destruir as suas coisas.

Eu não tinha pensado nisso, mas tinha mil respostas para dar a ele.

— Vou cuidar para que ela não destrua — respondi.

— Ela vai fazer mesmo assim. Não vai entender quando você falar com ela e, se der bronca, ela vai achar muito divertido e rir na sua cara — disse.

— Vou guardar as coisas nas gavetas.

— Ela vai abrir as gavetas. E quando as fechar, depois de destruir as suas coisas, vai fingir que não foi ela. E aí vão ficar bravos com você.

— Meus pais não costumam ficar bravos comigo — respondi, começando a ficar cheia daquilo.

— Mas vão ficar mais quando ela começar a jogar em você a culpa por tudo. E, a cada vez que ela chorar, vão perguntar a você o que aconteceu de um jeito muito rude.

Comecei a ficar nervosa de verdade. Aquele panorama sombrio não tinha nada a ver nem comigo nem com a minha família.

— Não vão poder colocar a culpa em mim porque eu vou ser uma boa irmã — me defendi, como se tivesse que me defender, levantando a voz.

— Dá na mesma. Ela vai dizer o que quiser dizer. E quase nunca vai ser verdade.

Fiquei olhando para Gus, mais furiosa do que nunca. A única coisa que me veio à cabeça foi formular-lhe a seguinte pergunta:

— Você teve um problema grave com a sua irmã, não é verdade?

E ele, indiferente, se limitou a responder o que já tinha me dito:

— A minha irmã é um monstro.

— Bom, para que você saiba — desdenhei eu, segundos antes de ir embora e deixá-lo ali no meio do corredor com a cara de bobo dele e o seu drama familiar —, Sandrayú não é. E nunca vai ser.

Assim que entramos no ateliê de Cléo, uma semana antes do casamento, já soubemos que ela não estava num bom dia. Saía do som uma música muito animada, em que uma voz masculina cantava:

"O cabeleireiro, Deus bendiga o cabeleireiro/o cabeleireiro que disfarça a minha mulher/a disfarça na semana sete vezes/sete vezes, cavalheiros, que há de se ver."

Lembramos da palavra dela: a música era o seu remédio contra a tristeza.

— Nem sempre — corrigiu ela —, às vezes eu a uso de modo preventivo. Quando vejo que vou me deprimir, corro para colocar um disco. Sempre funciona.

Sentamos para tomar nosso chá com hortelã habitual. Ninguém preparava um chá como ela, disso a gente sabia.

— Já fiquei sabendo que você tem uma irmãzinha, Anali — disse. — Que sorte. É o que você queria, não?

— Sim — respondi. — Se os meus pais não fossem os meus pais, eu os adotaria. Certeza.

Minhas amigas riram.

Peguei algumas fotos da viagem e mostrei para a nossa amiga mais velha. Numa delas, Sandrayú aparecia fazendo uma careta estranha. Apesar disso, Cléo a achou muito bonita.

— Os bebês sempre são lindos — afirmou.

— Que estranho que você nunca tenha se casado e nunca tenha tido filhos, Cléo — disse a impertinente da Lisa, como se fosse a continuação óbvia da conversa.

Júlia e eu nos olhamos e olhamos para ela. Na verdade, lançamos um daqueles olhares nervosos que dizem tantas coisas em silêncio (todas ruins). Assim que ela abriu a boca, a gente soube que aquele comentário não vinha a calhar. Acho que até Lisa percebeu, a julgar pelo triplo cruzamento de olhares que aconteceu no momento em que ela terminou a frase. Mas o pior não foi isso, e sim a naturalidade com que Cléo, que estava procurando alguma coisa numa caixa de madeira cheia de novelos, pedaços de fio, agulhas e tesouras, respondeu, sem sequer levantar a voz:

— Eu tive um filho, há muito tempo. Acho que agora ele mora na França.

Nós ficamos estupefatas. Imediatamente Cléo simulou um tom mais jovial do que o natural, dadas as circunstâncias, e nos convidou a ir até o provador:

— Começa a tortura, lindas — anunciou, acendendo a luz que enfocava os nossos corpos de pré-adolescentes vestidas de qualquer jeito.

A gente ficou com aquela sensação incômoda de ter dado um fora.

Mas também com outra, inevitável, que os adultos fazem você sentir sem que possa evitar: assim que tocamos num ponto delicado, eles mudam de assunto e nos censuram a informação até muitos anos depois. Como se fôssemos menininhas bobas incapazes de entender o que tinha acontecido com Cléo ou por que o filho dela não estava com ela, ou quem era o pai dele, ou por que ela nunca falava dele nem se ela tinha casado ou não, ou o que teria acontecido para que não soubesse com certeza onde estava o seu filho, ou que idade ele teria, o que fazia, como seria.

Perguntas demais, é verdade.

Entramos no provador e encontramos os nossos modelitos quase terminados, prontos para ser experimentados pela última vez. Do lado, num manequim, esperava o vestido de Teresa. Por pouco a gente não cai de susto. Acho que durante um bom tempo, nós três ficamos procurando alguma coisa para dizer sobre aquilo que estávamos vendo. O pior foi que a gente não encontrou nada. O vestido de noiva de Teresa era de tudo, menos o que a gente esperava que fosse. Pelo menos, ela podia ficar contente: não ia parecer um ovo frito.

A família feliz também
é um prato chinês

Tem gente que aprende na primeira oportunidade e tem gente que não quer aprender. Ana Maria fazia parte do segundo grupo. Ou então, tirem vocês as suas próprias conclusões:

Um fim de semana antes de Teresa e Salvador se casarem, nós, Supermeninas, decidimos tomar sol no sótão de Arturo. Ele havia saído com uns colegas que tinham que lhe emprestar alguns programas, então pudemos aproveitar sozinhas um tempinho de música boa e tranqüilidade. A gente tinha muito para contar uma a outra. Para começar, eu ainda devia para elas uma boa parte da crônica da minha viagem à China. Lisa tinha ido pela primeira vez à casa de Pablo, ainda que disfarçada de melhor amiga dele, e Júlia queria explicar como seria a nossa participação no casamento. Além do mais, era uma dessas tardes ensolaradas e quentes que ainda lembram o verão, mesmo a gente já estando no meio do outono. Era um desses momentos em que você se sente muito bem de estar onde está e de ser quem é, como em um anúncio de absorventes.

Nisso, tocou a campainha. Lisa foi abrir. Surpresa: era Ana Maria. Com cara de poucos amigos. (Existe a possibilidade de que ela tenha feito uma cara ruim precisamente quando nos viu. Duvido que ela tivesse guardado uma boa lembrança da última vez.)

— Arturo está aí? — perguntou.
— Não.
— Está onde?
— Não faço idéia.
— Ele disse a que horas volta?
— Para mim, não.
— E deixou algum recado para mim?
— Não faço idéia.
— Você sempre é desagradável assim, bonitinha?

Até esta última pergunta, a conversa não parecia ir nem bem nem mal. Ana Maria fazia perguntas e Lisa se limitava a respondê-las sem mentir. Mas a última questão mudou o rumo da entrevista a tal ponto que Lisa não quis escutar mais. Fechou a porta na cara da ruiva e voltou para o nosso lado murmurando:

— Idiota.

Não demorou nem dez segundos para que a campainha voltasse a soar. Agora a gente não tinha nenhuma dúvida sobre quem poderia ser. Júlia ameaçou ir abrir, mas Lisa a deteve:

— Não quero que você apareça nos jornais de amanhã — disse-lhe, enquanto se dirigia de novo à entrada.

Agora a cara de Ana Maria era de poucos amigos ao quadrado.

— Preciso usar o computador.

— Não pode. Meu irmão não está e eu não sei como funciona.

Isso era mentira. Lisa é muito esperta e faz muito tempo que sabe usar o computador de Arturo. Em algumas coisas, como navegar pela internet, é uma verdadeira especialista.

— Eu sei como funciona — afirmou a ruiva, tentando entrar —, já o usei outras vezes. Me deixa passar.

— Espere Arturo voltar — Lisa impedia a passagem sem se mexer do meio da porta.

— Eu preciso agora. É urgente.

— Então vá a um cibercafé.

— Que besteira, por que teria que ir? Muitos dos programas do Arturo quem instalou fui eu. Além do mais, não tenho que explicar nada para você, menininha. Me deixa passar.

Por fim, Lisa se postou bem na frente da namorada do irmão e pronunciou suas últimas palavras, rotundas, contundentes, inamovíveis:

— Já disse que não.

Até para a gente foi estranho. Ana Maria demorou para reagir mais do que teria demorado uma pessoa normal.

— Todos os da sua família são uns malucos — disse, antes de dirigir a Lisa um olhar carregado de ódio e ir embora sem pressa pela escada.

A gente recebeu Lisa com aplausos e uivos, como se ela tivesse acabado de bater um recorde olímpico. Ela se deitou do nosso lado exibindo um largo sorriso de orgulho. Só eu me atrevi a aguar um pouco aquela festa:

— Seu irmão não vai gostar de saber que você expulsou a namorada dele desse jeito.

Ela nos olhou de um modo misterioso.

— Meu irmão pediu que eu fizesse isso. Por isso saiu hoje — disse, expandindo ainda mais o sorriso e enchendo os pulmões de ar. — Acho que não quer mais se encontrar com ela.

Júlia também sorriu. Claro.

De repente, Lisa formulou a pergunta em que nenhuma de nós havia pensado:

— E o que a gente vai dar a Teresa?

— Puxa, é verdade! — Júlia ficou pálida ao perceber que não tinha pensado num presente para a avó.

— Eu pensei numa coisa — disse Lisa, com um sorriso triunfante —, vamos ver o que vocês acham: um colar que combine com o vestido.

— Um colar?

A espertinha tirou da bolsa dela um moedeiro de pano fechado com zíper, que nós olhamos com enorme curiosidade. Abriu e jogou o conteúdo sobre o seu colo. Nós ficamos atônitas. Eram dez bolinhas coloridas — predominava o vermelho, mas havia também verde e lilás —, de vários tamanhos, que se amontoaram como ovos numa cesta. Peguei uma para observar detalhadamente. Era rugosa e pesada. No meio tinha um buraquinho para que passasse o fio.

— São contas de colar. Eu mesma fiz — disse Lisa —, com cerâmica. Vocês gostam? Eu queria que ela usasse no dia do casamento.

Eram lindas. De imediato me fizeram pensar em Raquel, a fabricante de colares que tinha um ateliê muito perto dali. Com certeza ela saberia encontrar um jeito de transformar aquelas contas em um presente único. Eu disse para as minhas amigas e elas acharam sensacional que a gente fosse lá no dia seguinte.

— Ótimo! — exclamou a Lisa. — Tenho vontade de voltar a esse lugar. Sempre tenho a sensação de que vai acontecer alguma coisa extraordinária ali.

Enquanto isso, o que estava fazendo Sandrayú? Tomando posições na nova vida dela. Tinha muitos lugares a conhecer. Um dos principais foi a área de jogos infantis. Antes de qualquer coisa, contextualizo que a área de jogos infantis fica dentro de um enorme parque municipal com muito espaço verde, um montão de árvores e até um lago cheio de patos por onde navegam no domingo alguns barquinhos alugados. Na parte das crianças, além dos balanços, escorregadores e outras atrações, mais ou menos modernas, vive uma família de coelhos, uma cabra e uma ovelha, que demonstram ter muita paciência quando os bebês se aproximam para tocá-los. Sandrayú ficou louca de alegria quando descobriu os animais. A partir desse momento, ela perdeu todo o interesse pelos balanços. Agarrou-se ao pescoço da cabra e não houve jeito de fazê-la deixar em paz o pobre bicho, que corria de um lado para o outro do lugar arrastando Sandrayú, como se fosse um índio num filme de faroeste. Ficaram assim até que alguém resolveu entrar na área. Pelo visto, a cabra viu já de longe a oportunidade única de escapar daquele polvo com cara de chinesinha que ria sem parar, e se mandou pelo vão da porta entreaberta, correndo a toda velocidade em direção ao lago dos patos.

Imaginem a cena: a cabra abria caminho, com Sandrayú enlaçada ao seu pescoço dando altas gargalhadas; atrás delas ia papai, correndo o mais rápido que podia, gritando:

— Parem a cabra! Parem a cabra!

Fechando a corrida, mamãe, que arrastava o carrinho de bebê da minha irmã, e eu, segurando a mão dela e quase voando por causa daquilo que os entendidos no assunto chamam de "efeito chicote".

Assim estávamos quando a cabra chegou ao lago. A mamãe soltou um grito de medo. O papai a tranqüilizou com uma afirmação que naquele momento parecia muito fundamentada:

— Fica tranqüila, Helena, as cabras não sabem nadar!

E eu, simplesmente, tentei ficar muito atenta ao que ia acontecer ali. E se o meu pai não estivesse tão bem informado quanto parecia? E se, no final, a cabra não parasse? E se soubesse nadar? E se a minha irmã caísse no lago? E se os patos, que rondavam por ali, organizassem um plano para resgatá-la? E se os patos fossem carnívoros e estivessem com a alimentação atrasada? Como se pode ver, as possibilidades eram todas extraordinárias. Por sorte, o desenlace da perseguição não demorou muito: a cabra, como papai tinha previsto, considerou mais interessante a opção de não se jogar no lago (era uma cabra esperta). A única coisa ruim foi que ela tomou a decisão um pouco tarde demais, quando já tinha molhado duas patas. De modo que se viu obrigada a frear tão rápido que, assim como acontece com as rodas de trás dos carros, suas patas traseiras se viram impulsionadas para frente. E o azar foi tanto que a minha irmã, que não pesava nada e estava justamente montada na parte de trás, foi empurrada bruscamente para frente e levou um baita susto, assim como todos nós. Saiu voando em direção à água, sobrevoou algumas plantas e caiu um pouco mais além, justamente no lugar onde alguns patos estavam dando uma festa muito animada em volta de umas migalhas de pão. Uma festa em que, por certo, a minha irmã irrompeu de repente para aguá-la um pouco mais com uma entrada triunfal no lago (que, para os patos, não teve graça nenhuma, a julgar pelos seus grunhidos), seguida por papai (vestindo calça de trabalho) e mamãe, que com o susto tinha esquecido de soltar o carrinho. Ou seja, à exceção de mim, toda a família decidiu terminar aquela primeira jornada de visita ao parque com um banho refrescante e improvisado no lago.

Foi toda uma descoberta ver que o lago, que parecia tão grande e tão fundo, só tinha água para cobrir até o joelho. Isso se falamos do meu pai, é claro, porque a água cobria a Sandrayú perfeitamente. Menos mal que papai a tirou de lá rapidinho. Tirou a ela e a algumas quinquilharias perdidas ali sabe-se lá por quem: dois telefones celulares bastante estropiados, uma caneta tinteiro, uma câmera fotográfica e um tênis. Também pescou um peixinho vermelho que deixou Sandrayú muito entusiasmada, mas teve que devolver porque ele não parecia muito à vontade entre nós. "Deve ser muito divertido ser peixe nesse lago", pensei eu.

Acho que nunca vou esquecer a cara de medo da minha irmã quando a deixaram na margem. Tinha uma expressão horrível, com toda a roupa e o cabelo molhados. Assim que olhou para o papai, caiu num choro descontrolado e ensurdecedor que acabou chamando a atenção de todos que, como nós, tinham decidido visitar o parque naquela tarde.

A parada seguinte foi forçada: tivemos que passar em casa para que todos trocassem de roupa. Uma vez secos, arrumados e a ponto de sair de novo, papai fez uma proposta:

— E se a gente fosse comer num restaurante chinês?

Já contei para vocês do entusiasmo que a minha irmã demonstrava diante da comida. Por ora, as reações dela continuavam sendo iguais às da primeira noite, no hotel de Wuhan onde a gente se conheceu, só que em casa tudo parecia estar sob controle. No restaurante, em compensação, Sandrayú se emocionava: queria comer tudo, e não se satisfazia só com o prato dela, o de mamãe, o de papai e o meu (todos ao mesmo tempo): ficava de olho nos pratos das mesas ao redor e até naqueles que os garçons levavam de um lado para o outro. E a mesma coisa com as bebidas e as sobremesas.

Ainda em Pequim, ela nos pôs em mais uma encrenca. Os chineses comem de um jeito diferente do ocidental. Não me refiro só ao uso de pauzinhos, mas também a coisas como a ordem dos pratos ou a apresentação deles. Colocam na mesa toda a comida ao mesmo tempo. De acordo com Tin, o guia, um almoço formal pode chegar a ter uns vinte e quatro pratos. Cada um dos convidados tem, quando começa a refeição, uma vasilha com arroz integral, que ele pode misturar com a carne ou com o peixe como preferir, sem que nada seja desperdiçado. Dessa forma, sempre se pode convidar para almoçar qualquer pessoa que surja sem avisar. Depois há os pauzinhos. Os chineses consideram falta de educação que haja na mesa uma faca, mesmo que seja uma só, por isso todos os alimentos vêm cortados e prontos para ser comidos. É certo que os chineses inventaram os pauzinhos e a colher (de porcelana, é verdade) muito antes que os europeus (que ainda não estavam muito civilizados) pensassem em comer com alguma coisa que não fossem as mãos. E, ainda que ninguém reconheça, inventaram também a imprensa antes que Gutenberg, e chegaram à América uns setenta anos antes que Cristóvão Colombo, e vejam a importância que nós ocidentais damos a isso. Uma injustiça. Mas o costume mais curioso de que me falou Tin é o das donas de casa que, depois de cozinhar durante horas, servem a comida aos convidados e dizem, por exemplo:

— Vocês me desculpem, porque tudo saiu muito ruim.

Ou, ao experimentar o porco ou o frango, exclamam:

— Que horrível.

É considerado de muito mau-gosto que a cozinheira fale bem dos pratos que acaba de preparar, então são os convidados que têm que elogiar a comida. Em seguida, a dona da casa lhes dá razão e pronto. Não parece um pouco complicado?

A tudo isso, que eu anotei no meu diário com muito cuidado para não esquecer, Sandrayú não dava bola nenhuma. Ela só tinha olhos para a enorme travessa de Família Feliz que tinham acabado de trazer para a gente, fumegante e apetitosa, e esquecia de todos os protocolos. A Família Feliz é um prato típico de Pequim que vem a ser o equivalente chinês de um ensopado ou de um cozido. Tem um pouco de tudo: frango, porco, vitela, frutos do mar, pernil, verduras (incluindo couve-flor e cenoura, um horror) e, é claro, molho de soja. Os especialistas opinam que é um prato muito apropriado para as crianças, porque é nutritivo e fácil de comer. Sandrayú concordava totalmente com os especialistas.

Olhando os pratos cheios de Família Feliz, e vendo a gente ali, os quatro, comendo e rindo num restaurante chinês do bairro, veio-me certa inspiração transcendental e até algo filosófica: a nossa família, como aquele prato típico pequinês, era uma mistura em perfeita harmonia. Tínhamos nascido em extremos do mesmo mundo, mas, juntos, nos sentíamos os mais sortudos do planeta. Sandrayú ainda não conseguia entender essas reflexões tão sérias, mas com certeza pensaria o mesmo quando conseguisse. Eu não disse nada ao papai e à mamãe, em parte para não estragar o momento, mas principalmente porque me deu um pouco de vergonha reconhecer que, à medida que vou ficando mais velha, vou-me tornando mais sentimental.

Na primeira hora da tarde, o ateliê de Raquel tinha uma luz especial. O sol aparecia quase na ponta dos pés pela porta e desenhava mosaicos nos azulejos descascados. Atrás da vitrine, quase escondida por uma montanha de quinquilharias, Raquel enfiava contas de colar em um fio de couro.

— O que traz vocês aqui? — perguntou ao nos ver.

Expliquei a situação e mostrei as contas de cerâmica que Lisa tinha feito. Contei a ela do casamento, de Teresa, Salvador, do vestido de noiva e do pouco tempo de que a gente dispunha. Ela escutou com muita atenção e logo começou a nos fazer perguntas sobre os noivos. De algumas, a gente sabia as respostas, mas de outras, não: onde se conheceram, que idade tinham, onde planejavam morar, a que horas ia ser o casamento, quais eram seus signos do zodíaco e muitas coisas mais. Em seguida, estudou com atenção as contas da Lisa e avaliou:

— São muito bonitas. Vão servir.

Lisa sorriu, muito orgulhosa da sua primeira obra como ceramista.

— Vou ajudar vocês a fazer um presente muito especial para sua amiga — disse Raquel, saindo do seu esconderijo.

Reparamos que ela estava descalça. Tinha uma pulseira colorida em cada tornozelo e uma saia comprida e vermelha, coberta em parte por um suéter de lã preto, largo demais. Ela andou até um canto da loja e separou algumas cestas cheias de contas de madeira.

— Acho que deixei por aqui... — murmurava, enquanto vasculhava as coisas.

Um forasteiro teria pensado que naquele lugar reinava o mais absoluto caos, mas, quando Raquel procurava alguma coisa, você percebia rapidinho que tudo estava no seu devido lugar, que ela conhecia perfeitamente. De imediato encontrou o que estava procurando. Uma cesta menor que as outras, de onde tirou uma coisa e mostrou para a gente:

— Isto aqui são pedras que eu mesma recolho pelas praias. Quanto mais corroídas, melhor. Em seguida as pinto a mão e junto tudo com esta estrutura de fio de prata. Vocês gostam?

O resultado era espetacular. Em cada uma, ela tinha pintado um desenho mínimo: um pássaro, um coração, uma flor...

— Vocês poderiam procurar pedras parecidas com estas e me dar alguma pista sobre o que querem que eu pinte nelas. Coisas que tenham a ver com os noivos, é claro. Depois armamos o colar e formulamos uma simpatia de boa sorte.

Aquilo deixou a gente entusiasmada. Uma simpatia.

— Você sabe fazer simpatias?

— Só simpatias boas. Magia branca. Quase sempre dão resultado.

— E servem para quê? — perguntou Júlia, que depois confessou para a gente que não acredita em nenhum tipo de magia.

— Para desejar que eles sejam felizes, que vivam por muitos anos, que não se apaixonem nunca por outra pessoa...

Ficou pensativa por um tempo e riu antes de continuar:

— Bom, normalmente se deseja também que tenham todos os filhos que eles queiram, mas neste caso acho que não seria muito apropriado.

Rimos e concordamos com ela.

Tudo aquilo significava que Raquel era meio bruxa? Resolvemos deixar a questão, que tinha interessado muito a nós três, para outra ocasião. Agora o importante era definir um dia para ir à praia procurar pedras.

Lembro-me bem daquela tarde, quando cheguei em casa. Papai assistia ao futebol, com seu habitual saquinho de milho torrado sem sal e os fones de ouvido, para não incomodar nem ser incomodado por ninguém. Sandrayú dormia abraçada ao seu ursinho Willy (que ela chamava de Pilili) e, na cozinha, acontecia uma cena que há muitos dias não se repetia: a mãe de Júlia, a minha, a xícara de chá fumegante e os lenços descartáveis. Adivinhei porque ouvi do corredor a voz entrecortada da nossa vizinha. Soube rapidinho que era melhor passar reto e me fechar por um tempo no meu próprio quarto ou no banheiro ou em qualquer lugar onde não percebessem a minha presença. Enquanto me decidia pela terceira opção e escolhia um gibi, não pude evitar de ouvir a mãe de Júlia dizendo, com voz de choro:

— O que é que eu vou fazer? Engordei tanto que não entro no vestido.

Os verdadeiros magos não usam porcarias

A epidemia de amor que nos afetava havia várias semanas continuava descontrolada. Por enquanto, a única que se livrara era eu, que, uma vez libertada daquela mania por Mike Pita, me sentia a única menina racional de toda a galáxia. Conste que eu disse "por enquanto". Se bem que, pensando bem, acho que a paixão por Pita não conta. É preciso experimentar as coisas inteiramente, não pela metade. Ninguém aprende a nadar olhando para a água, não é verdade? Ou ninguém sabe o que se sente quando se anda numa montanha-russa até que suba numa, ou não? Pois com o amor é a mesma coisa: você pode senti-lo à distância, mas nunca é igual a se apaixonar por alguém de carne e osso. Além do mais, de repente eu tinha percebido que o cantor dos cachos, que até bem pouco tempo atrás tinha me roubado o sono, era na verdade um antipático e um arrogante. Até me pareceu, de repente, que ele cantava muito pior. Mamãe resumiu tudo isso numa frase enigmática:

— Tudo é da cor da lente pela qual se olha.

A única coisa clara era que, para mim, a paixão era história. E contra isso não se tinha o que fazer.

Mas não foi com todo mundo que aconteceu isso. As contagiadas pela epidemia mais próximas de mim eram Lisa e Júlia. Para Lisa, as coisas iam mais do que bem. A cada dia ela gostava mais de Pablo, embora não encontrasse a melhor forma de dizer isso a ele. Tinha se tornado uma viciada em música romântica (que Júlia chamava de "música ridícula") e passava o dia entoando "Escondidos", "Os melhores anos da nossa vida", "Dois homens e um destino" e coisas assim. Às vezes parecia muito preocupada com assuntos que não tinham a menor importância: uma espinhazinha que apareceu no queixo dela, uma camiseta que antes era branca e de repente ficara rosa (na lavadora da minha casa também acontecem essas transformações paranormais) ou à escolha do presente a Pablo para que não se percebesse nem muito nem pouco o quanto ela estava a fim dele. Eu não entendia nada:

— Mas se ele já sabe, o que importa?

— Para mim, importa — respondia ela, com cara de sonhadora.

Júlia estava muito pior. O caso dela era muito diferente: Arturo tinha quase o dobro da idade dela, uma namorada e sequer percebia que Júlia sentia por ele uma coisa que não tinha nada a ver com o fato de ele ser irmão de uma das melhores amigas dela. Na minha opinião, com a qual Lisa concordava plenamente, Júlia estava perdendo o seu tempo. Arturo nunca prestaria atenção nela nem mudaria o seu jeito de ser. Nas palavras da Lisa, o irmão dela era um perdido para quem ninguém tinha inventado uma solução. Toda a história com Ana Maria era só uma amostra disso. Depois de sair com ela meia dúzia de vezes e de parar de sair outras tantas (incluindo aquela de dizer que não podia entrar na casa dele), agora acabavam de decidir que iam viajar juntos no fim de semana. Precisamente no mesmo fim de semana em que nós íamos ao casamento.

— Mas você não a tinha deixado? — perguntou Lisa ao irmão.

Arturo pareceu pensativo:

— Não sei — disse.

É o que eu digo: um caso sem cura.

Gus não era menos. De repente, na primeira hora de uma manhã de segunda-feira — ou seja, a essa hora em que você se sente tão desgraçada por ter que voltar ao colégio — a porta da sala de aula se abre e aparece Gus, com seus grandes olhos sem óculos e o cabelo penteado para trás com gel. Reparei que ele não tinha nenhuma espinha e que já começava a fazer a barba, e não fui capaz de lembrar se antes ele tinha dessas espinhas grandes e purulentas, ou se alguma vez eu havia descoberto nele essa penugem horrível que de um dia para o outro aparece na cara dos meninos. Em poucas palavras, me dei conta de que nunca antes havia reparado nele, e isso me pareceu terrível. Então, fiz a mim mesma a seguinte e firme promessa: "a partir deste momento, sempre vou reparar em todos os meninos que se declararem a mim". E em seguida pensei, quase sem poder evitar: "Ele é bonito".

Se vocês estão imaginando que é impossível me entender, eu estou de acordo. Anotei no meu diário, nessa mesma noite:

"Anali, não há quem te entenda."

Não é fácil procurar pedras na praia, embora possa parecer o contrário. Batia um vento gelado que estremecia os nossos ossos. O céu estava coberto e cinza e as ondas ameaçavam molhar nossos tênis e até as calças. Além do mais, as melhores pedrinhas, as que mais se ajustavam aos nossos propósitos, eram mais fáceis de encontrar próximo a água:

— A gente devia ter feito isto no verão — se queixava Júlia, enquanto vasculhava o solo sem perder o mar de vista.

Lisa foi mais valente. Tirou os tênis, fez um nozinho nas calças e as levantou quase até os joelhos. E tudo para poder se aproximar da zona mais perigosa, aquela em que era impossível não se molhar. É preciso dizer que, depois de um tempo, Júlia a imitou. Se não fosse por elas, teria anoitecido sem que a gente conseguisse juntar sequer meia dúzia de contas de colar.

Eu não tirei os sapatos. Preferi procurar alhures, com a esperança de que alguma pedrinha estivesse me esperando em algum lugar depois que uma onda a tivesse lançado mais longe do que o normal. A razão disso é minha enorme propensão aos resfriados. É batata: basta eu passar um pouquinho de frio que já fico doente. Às vezes nem precisa de tanto, e é suficiente que o tempo mude de maneira brusca. Tanto no verão quanto no inverno.

— Encontrei outra! — exclamava de repente alguma das minhas amigas, louca de alegria.

— Quantas já tem?

— Dezesseis.

Eu havia encontrado quatro. Já era alguma coisa.

Tivemos muito azar. Como se não bastasse o céu, o vento, as ondas... antes que a gente tivesse terminado, começou a chover. Primeiro, tão pouco que nem interrompemos a nossa busca. Mas muito rápido começou a aumentar de intensidade. O céu estava cada vez mais escuro e a água começou a cair com força, com mais força, com muito mais força... até que aquilo se transformou numa tempestade. A gente correu o máximo que as pernas permitiram até se refugiar debaixo do primeiro teto encontrado (que, vale dizer, não ficava exatamente perto).

— Temos suficientes? — perguntou Lisa.

Eu não consegui responder. Meu nariz coçava e meus olhos começavam a lacrimejar.

— Você tem quantas? — vasculhavam os bolsos de suas jaquetas —, eu tenho quatorze.

— Eu, seis — disse Lisa, mostrando o seu tesouro.

— Você está bem, Anali?

— Aaa...

— Você está ficando verm...

— ...tchim!

Eu sabia.

Na manhã seguinte (faltavam só quatro dias para o casamento), estava doente. A gripe e eu nos damos tão bem que eu reconheço os primeiros sintomas assim que eles aparecem: umas cócegas em algum ponto intermediário entre a parte de trás do nariz e a garganta, que vai aumentando à medida que as horas passam. Naquela noite, quando cheguei em casa, já senti o começo das cócegas, e já temi pelo pior. Dei uma olhada na cozinha e decidi me deitar sem jantar. Mamãe pensou que eu estava fazendo isso porque não estava bem, mas não foi só por isso: a mãe de Júlia tinha começado a dieta da alcachofra e a minha mãe a apoiava, ainda que não precisasse caber em nenhum vestido que tivesse ficado apertado. Se alguém ainda não experimentou uma torta de alcachofras, que o faça agora, e vai me entender instantaneamente.

Por volta das três, mamãe ligou para o doutor Santos. Ele sempre foi o meu médico e agora era também o de Sandrayú. Só que ele não a visitava em casa. "Algum motivo deve ter", pensei, orgulhosa.

— Está com uma tosse muito feia — lhe informou a mamãe.

Quando eu era pequena, o doutor Santos me dava medo. Às vezes ainda acontece. O que eu quero dizer é que, se não o conhece, pode parecer que ele está bravo com você. Isso é porque ele é um homem muito sério, sempre vestido de médico e com a maleta dele. Mamãe diz que ele é "muito profissional". Assim, sabe ganhar a sua confiança, e eu não sei o que é pior, porque aí ele se transforma num senhor muito simpático e muito falante e não tem quem o faça ir embora. Pode passar horas conversando com mamãe — às vezes também com papai, mas menos, porque quase nunca coincidem na casa — sobre todo tipo de coisas. Houve vezes, inclusive, em que ele ficou para tomar café.

Com Sandrayú, que ainda não está nem um pouco acostumada com essa história de médico, aconteceu a mesma coisa que comigo. Na primeira vez que foi visitar o doutor, começou a chorar daquele jeito desconsolado que é a especialidade dela. O doutor Santos a tinha examinado profundamente: auscultou o coração com um estetoscópio, tocou a barriga várias vezes, observou as perninhas, meteu a luz nos ouvidos dela e pôs um palito de madeira sobre a sua língua. Sandrayú, completamente nua, não parava de berrar. Pela expressão dela, acho que tinha vontade de insultá-lo.

— Agora vamos pesá-la — disse o doutor Santos, pegando-a no colo para levar até a balança.

Aí chegou o momento da vingança da minha irmã. Ela esperou que o médico a estivesse segurando nos braços, se agarrou muito forte com os braços e com as pernas... e fez xixi. O xixi mais comprido que jamais tinha feito até esse momento. Ele ficou completamente molhado: o avental, a camisa, a gravata e até as calças. Eu pensei que o médico ia ficar bravo (eu ficaria), que ele ia gritar, morder ou pelo menos dar uma bronca nela, mas não.

— Ossos do ofício — disse, antes de colocá-la sobre a balança.

Sandrayú, ainda mais brava, mexia as pernas e olhava o médico como se quisesse desintegrá-lo com o olhar.

Quando já estávamos indo embora, Sandrayú virou os olhos, franziu os lábios e, no pior dos seus tons ameaçadores, disse ao doutor Santos:

— Médico! Mais que médico!

Para mim, ele receitou um xarope e uns supositórios. O xarope não era daqueles gostosos com sabor de framboesa que, quando ninguém está olhando, você toma escondido. Aquele era muito ruim.

— Você já toma xarope de gente grande — explicou mamãe, para me consolar um pouco.

Não conseguiu: alguém já viu gente grande tomando xarope? Nisso não dá para acreditar. Os supositórios, por sua vez, eram odiosos como sempre, mas, para variar, fui boazinha e não reclamei. Não queria perder o casamento de Teresa e Salvador por nada nesse mundo, e mamãe era taxativa nisso (como em tudo):

— Se você não estiver perfeitamente bem, não vai, Anali. E ponto.

Quando mamãe diz "e ponto", é inútil tentar discutir com ela. É a autoridade competente. Você não. E ponto.

Aproveitei meu resfriado para me pôr em dia com as coisas que queria escrever no meu diário. Tinha uma que eu ainda não havia contado e que eu não queria esquecer: as impressões que ficaram em mim da primeira vez que vi o abrigo de Wuhan. Também falei disso para Júlia e Lisa.

A entrada parecia um pouco com a de um velho palácio em decadência. Como se tivessem construído o edifício em anos de esplendor e em seguida tudo tivesse acabado rapidamente. A escada principal, localizada entre duas colunas, dava acesso ao vestíbulo, a partir do qual se entrava em diversos cômodos: o refeitório, a cozinha, um quarto de brinquedos. Tudo era rudimentar e com muito poucos recursos. No quarto de brinquedos, por exemplo, só havia bonecos, e as meninas engatinhavam sobre um tapete colorido que alguém tinha mandado da Europa. Disse "meninas" e tenho que dar uma explicação para isso: na China, quase não há meninos nos abrigos, só meninas. Isso acontece porque os meninos são mais apreciados pelos pais, que não sabem que nós, meninas, somos mais astutas, mais espertas e mais rápidas no aprendizado do que nossos supostos irmãos, por isso preferem ficar com eles e colocá-las para adoção.

Também havia os dormitórios, imensas salas suspensas por colunas de ferro, cheias de berços, todos idênticos. Os do abrigo de Sandrayú eram amarelos, de barras verticais, e ficavam colados um no outro. À noite, as meninas podiam se tocar através das barras dos berços e esse jogo era uma das coisas de que mais sentiam falta quando abandonavam aquele lugar. Isso quem nos explicou foi uma cuidadora, mas não aconteceu com Sandrayú. Uma vez que ela se uniu à nossa família, não pareceu sentir falta de nada da sua vida anterior.

À medida que íamos vendo as diferentes partes do abrigo, enquanto papai tirava fotos, eu tentava me lembrar da minha experiência num lugar como aquele. Propus-me muito seriamente fazer isso, espremi os meus neurônios o máximo que consegui, mas foi inútil. Não lembro nada de nada. Tudo o que sei do meu abrigo quem me contou foi mamãe, que me confessou que era mais bonito, mais alegre e que estava mais limpo que aquele em que nos encontrávamos.

Eu mesma comprovei isso uns dias mais tarde, ao chegar em Xian e visitar aquela que foi a minha primeira casa. Parecia mais um hospital. Tinha janelas por todos os lados, muita luz, cortinas coloridas, tatames para jogos no chão, montanhas de brinquedos e umas cuidadoras que sorriam o tempo todo. Nisso se diferenciavam das de Wuhan, tão sérias, quase antipáticas, como se as órfãs fossem elas. De resto, eram como trabalhadoras de um laboratório: usavam aventais brancos, tamancos e às vezes máscaras. Emocionei-me muito ao ver que não só as cuidadoras do meu abrigo se lembravam de mim, como também havia fotos minhas penduradas num quadro, junto com as de muitas outras meninas que tinham encontrado a sua família em diferentes partes do mundo. Lá estava eu, pequena, magra, com cara de susto e meu nome (o original) escrito em caracteres chineses. O mais estranho de tudo foi precisar de um intérprete para falar em chinês com a pessoa que cuidou de mim durante o meu primeiro ano de vida. Quando a gente se despediu, ela se encheu de lágrimas. Deu-me um abraço tão forte que por pouco não me desmonta, enquanto pronunciava o meu nome atual com grande dificuldade, várias vezes, como se quisesse memorizá-lo. Ela se chamava Mei Jin.

Enquanto escrevia no meu diário essas e outras coisas, ia sentindo um frio muito estranho. De repente, mamãe entrou no meu quarto, com aquele passo decidido das mães quando fazem as coisas como se tivessem a obrigação de cumprir um horário, e me pôs a mão na testa.

— Você está com febre, filha.

Estalou a língua, saiu do meu quarto e voltou antes que eu pudesse contar até dez, com um termômetro, que colocou debaixo do meu braço:

— Você está com fome? Quer beber alguma coisa? Quer que eu traga um livro? A sua garganta está doendo? Você tomou o xarope? Está com vontade de ir ao banheiro?

Um só "não" teria sido suficiente para responder todas as perguntas. Quando ela tirou o termômetro de mim, começou a dar ordens:

— Cubra-se. Você tem que suar. Já trago um prato de sopa e uma bolsa de água quente. E o xarope. E uma aspirina. Não se levante. Vou pôr outro cobertor, você está tremendo.

Eu tinha cada vez mais frio.

— A sua febre está subindo — disse —, nessa hora é normal.

Dessa noite eu já não lembro mais nada. Tomei a sopa como se fosse um robô, deixei a luz acesa e dormi sob o peso de três cobertores. Mamãe entrou umas vezes para me ver, sempre armada com o termômetro. Acho que a ouvi falando pelo telefone com o doutor Santos. Ou talvez fosse em sonho. Meus sonhos, quando querem, podem ser melhores do que uma sessão de vídeo na casa de Arturo.

Naquela noite, por exemplo, sonhei que Teresa e Salvador se casavam no meu abrigo. Tudo estava muito bonito, tinha flores por todos os lados e as janelas estavam todas abertas. As cuidadoras estavam vestindo uns aventais tão brilhantes quanto os vestidos de Cléo e uns sapatos de salto alto inimagináveis. As meninas órfãs sentadas nas suas cadeiras esperavam que a cerimônia começasse . No meu sonho, também apareciam Lisa, Júlia, Pablo e até Gus. Acho que Gus era órfão e que Lisa queria adotá-lo. E a mãe de Júlia estava com o vestido desabotoado porque a dieta da alcachofra não tinha dado resultado. O juiz brincava pelo chão com as órfãs e eu olhava tudo e tirava boas fotos. Teresa estava usando o colar da boa sorte que a gente ia dar para ela e todos eram felizes e comiam perdizes e pirilimpimpim.

No dia seguinte estava melhor, mas não perfeitamente bem. Mamãe continuava indo e vindo com o termômetro, apesar de o mercúrio agora só marcar trinta e sete graus. Não tinha jeito de convencê-la de que eu estava bem e precisava levantar.

— Você não tem que ir a lugar nenhum — dizia. — Sua única obrigação, por enquanto, é se recuperar.

Como ela estava errada.

Raquel já tinha pintado e juntado num fio as pedrinhas. O colar tinha ficado lindo, um presente único e que combinava com o vestido — que só a gente tinha visto —, mas, para fazer a simpatia, Raquel precisava que estivéssemos presente. As três, sem exceção.

— E você não consegue convencer a sua mãe? — insistia Júlia —, diz que a gente tem que preparar o presente da minha avó.

— Já disse, mas não tem jeito.

— Quer que eu fale com ela e tente convencê-la? — se ofereceu.

Mamãe não gosta que pessoas que não são da nossa família se metam nos nossos assuntos para dizer a ela o que fazer.

— Vai ser pior — eu disse.

— Então a gente tem um problema — concluiu a minha amiga.

A única coisa que estava clara para mim é que eu não podia explicar para mamãe a verdade. Ela não acredita em magia branca nem em simpatias de nenhum tipo e o mais provável era que pensasse que aquilo tudo era uma besteira com a qual não valia a pena perder tempo. Era preciso encontrar outro tipo de solução. De repente, me veio à cabeça:

— E se vocês viessem para a minha casa?

— As três? Raquel também?

— Claro. Sem ela não tem simpatia.

— E o que a sua mãe vai dizer?

— Não sei. Vou contar a primeira coisa em que pensar.

— Bom — parecia duvidar. — Vou falar com Raquel, para ver se pode e do que precisa.

Raquel precisava de uma panela com água, folhas de louro, pétalas de rosas vermelhas ("quanto mais vermelhas, melhor", especificou) e umas gotas do perfume que a avó de Júlia costuma usar.

— Só isso? Nem patas de morcego, nem rabos de lagartixa, nem asas de periquito, nem nada? Eu pensava que a magia não funcionava sem esse tipo de coisas — disse.

— O Harry Potter deve ter contagiado o seu cérebro — replicou Raquel, com certo ar de superioridade. — Nós, magos de verdade, não jogamos no fogo porcarias desse tipo.

Nada daquilo parecia difícil de conseguir nas lojas do centro. Menos a panela, que pedi a mamãe.

— E para que você quer uma panela? — me perguntou, com muito interesse.

— Não sei — dissimulei —, é para um jogo novo que Júlia inventou.

Tudo foi solucionado. Mamãe me emprestou uma panela e Raquel concordou em vir para minha casa. Nós quatro nos reunimos no meu quarto e eu pedi à minha família que ninguém incomodasse.

— Vamos celebrar uma reunião muito importante — eu disse, dando uma de interessante.

A gente pôs a panela no meio do quarto, no chão, e sentou em volta dela de mãos dadas. Raquel dirigiu toda a operação.

— Primeiro o perfume, só algumas gotinhas — pediu para Júlia.

Nossa amiga abriu o vidro e cumpriu as instruções ao pé da letra. Um cheiro doce muito agradável se espalhou pelo quarto e imediatamente nos fez lembrar de Teresa.

— O louro — disse, olhando para mim.

Coloquei cinco folhas. Nem uma a mais, nem uma a menos do que ela pediu.

Foi a vez de Lisa:

— As rosas.

Um bom punhado de pétalas de um vermelho escuro ficaram boiando na água.

— E agora é a minha vez — disse a maga Raquel.

Tirou da bolsa dela o colar que tinha confeccionado com as contas de Lisa e as pedras da praia. Estas últimas estavam decoradas ou pintadas. Três únicas cores se repetiam em todo o conjunto: vermelho, verde e lilás. A verdade é que tinha ficado lindo. Ela segurou o colar por alguns segundos em cima da panela e fechou os olhos. Em seguida, submergiu as mãos na água e pronunciou umas palavras estranhas. Acho que era latim:

— *Altissima flumina minimo sono labuntur.*

Não deu às palavras um tom particularmente solene. Só disse e pronto, com os olhos fechados. Depois os abriu e pediu que separássemos e logo voltássemos a enlaçar as nossas mãos. A mesma coisa três vezes. Tirou o colar da água, secou-o em sua saia com muito cuidado e o entregou a nós.

— Pronto.

— Isso é tudo? — perguntamos.

Acho que nós três esperávamos alguma coisa mais demorada e mais complicada. E talvez mais misteriosa.

— Não aconteceu nada — observei, um pouco decepcionada (admito).

Raquel recolhia as coisas. Antes de ir embora, sem levantar a voz, disse:

— Os benefícios desta simpatia não podem ser vistos a curto prazo, meninas, mas se o que vocês querem são emoções fortes, recomendo que dêem uma olhada na água.

Nós olhamos imediatamente. Tinha o cheiro do perfume da avó de Júlia. E estava vermelha. Completamente vermelha.

Eu acho que, naquela tarde, nós três começamos a acreditar em magia. Mesmo que ainda fosse necessário passar um tempo (e acontecer algumas coisas) para que nos convencêssemos de que Raquel era uma pessoa muito especial. Infelizmente, não fomos as únicas a descobrir isso. Mas essa já é uma história para outra vez.

Ser feliz é fácil

Nunca me casarei. Dá muito trabalho. Os últimos dias antes do casamento do ano foram uma loucura. Todo mundo tinha mil coisas importantes para fazer. Teresa passava horas no cabeleireiro. Salvador a gente nunca via. A mãe de Júlia estava muito preocupada com não sei o quê de uns detalhes florais. E nós só nos perguntávamos que efeito causaria o nosso modelito e, sobretudo, o da noiva, entre os convidados. Na verdade, alguns convidados eram romenos. Dois ou três familiares e um amigo de Salvador, importado para a ocasião.

— O Conde Drácula também vai vir? — perguntava a mais impertinente de todas (vocês já sabem quem é).

A única presença que ainda não estava confirmada era a minha. Naquela semana, por culpa da bendita gripe, também faltei ao colégio.

— Você vai ter que estudar muito quando passar tudo isso, se não quiser se atrasar demais em relação aos colegas — ameaçava mamãe.

Eu não estava preocupada com isso, para falar a verdade. Ter que estudar não é tão grave. Tudo é questão de encontrar o lado bom das coisas. Por exemplo, história. Em vez de achar que não serve para nada, é preciso pensar no bem que nos vai fazer para acertar as perguntas amarelas do Master. Ou para saber quem são esses senhores que têm nome de rua, como O'Donell, Carlos III, ou Ramón e Cajal. Mesmo que não nos importemos com a vida deles, e menos ainda com o que fizeram (não quero que ninguém pense que eu sou caxias, como Gus).

Falando de Gus, uma surpresa: ele me telefonou.

— Você não veio ao colégio — me informou, como se eu não soubesse.

— Estou gripada — respondi.

— Se você quiser, levo os deveres para a sua casa.

Eu não me interessava nem um pouco pelos deveres.

— Ótimo — eu disse —, quando?

— Hoje à tarde, na saída do colégio.

— Perfeito.

Tinha vontade de vê-lo. Sim, sim, sim, tinha vontade de ver Gus. Que ninguém ache estranho. Nós, meninas, somos caprichosas, esquisitas e, algumas vezes, contraditórias. Quem não souber disso é porque não vive neste mundo.

Antes que Gus chegasse, apareceu em casa a mãe de Júlia. Eu estava andando de um lado para o outro, de pijama, tênis e roupão. Passava bastante calor com aquela roupa, mas era o único jeito de a minha mãe me deixar sair um pouco da cama e ver TV na sala.

Uma vez na vida, a conversa foi diferente da de outras ocasiões. Nossa vizinha parecia estar de muito bom humor. Estava vindo do cabeleireiro. Tinha feito reflexos de cor madeira no cabelo, manicure, pedicure, depilação e não sei que tipo de massagem, e estava mais bonita do que de costume. Além do mais, tinha motivos para estar feliz:

— A dieta deu resultado. Perdi quatro quilos. O vestido cabe. Tenho que encolher um pouco a barriga, mas cabe.

É o que eu digo: ser feliz não é tão difícil. Para alguns, basta comer alcachofras durante sete dias.

Dessa vez, minha mãe ofereceu café e ela aceitou (mamãe é cafetomaníaca, além de ofertomaníaca). Sentaram-se, como de costume, na mesa da cozinha. Outra diferença: mamãe não me mandou de repente para o quarto, e nem as duas vizinhas pareceram se importar muito com que eu estivesse por ali e pudesse descobrir os assuntos fundamentais sobre os quais iam falar.

— Ainda parece mentira que a minha mãe vá se casar — ouvi que dizia a nossa vizinha —, mas já não acho isso tão horroroso.

Mamãe se interessou por aquela mudança de atitude. Eu, que estava no sofá, diminuí o volume da televisão para ouvir bem as causas.

— Você não vai acreditar — continuou a mãe de Júlia —: ontem Salvador me convidou para almoçar. Só a mim, mais ninguém. Pediu-me como um favor pessoal, sabe? Me levou a um restaurante do porto. Um muito bom. E muito caro! Queria falar comigo sobre questões muito importantes. Foi o que ele disse.

Mamãe deve ter feito uma cara de enorme interesse. Eu cortei completamente o volume da TV. Nossa vizinha continuou:

— Jurou-me que a minha mãe é, para ele, a coisa mais importante do mundo, e que fazê-la feliz é a sua única prioridade na vida, neste momento. Também me disse que não veria a minha mãe totalmente contente se eu não bendissesse a união deles e que por isso vinha convencer a mim, que era tão importante para a sua futura esposa, das suas boas intenções e de que ele era uma pessoa confiável.

Mamãe ficou em silêncio por alguns segundos. Com certeza estava pensando no fato misterioso de que a vizinha tivesse que bendizer alguma coisa. Eu não entendia nada.

— Foi muita atenção da parte dele — disse, no fim.

— Pois é! Eu, na verdade, acho que o julguei mal. Não sei, tinham me contado coisas tão ruins dos estrangeiros. E os romenos, não sei... não quero parecer preconceituosa, mas eles não têm uma fama muito boa. Com tantas mulheres romenas mendigando pelas ruas... Se você visse como elas educam os seus filhos. E ainda existe o fato de terem toda a boca cheia de dentes de ouro.

Mamãe poderia ter dado uma conferência sobre racismo e preconceitos, mas, por sorte, ficou quieta a tempo. Ela é muito chata quando fica teórica.

— Tem muita gente que pensa como você — resumiu —, ter preconceitos é a coisa mais fácil. Muito mais complicado é tentar entender alguma coisa.

— Durante o nosso almoço, me dei conta de que Salvador realmente gosta da minha mãe. Não está com ela para tirar qualquer proveito. Acho que o único que ele quer dela é o seu carinho.

— Fico feliz em ver que as coisas comecem a se ajeitar. Teresa merece — disse mamãe.

— Eu sei. Todo mundo merece ser feliz.

Subi de novo o volume da TV. Aquelas frases prontas de novela dramática já não me interessavam.

Nesse momento, estava começando o programa dos Teletubbies, justamente o que eu precisava, dado meu lamentável estado neuronal. Ainda ouvi, misturado com uma dessas músicas idiotas, um último pedaço de conversa:

— A única coisa que me pediu é que eu nunca o chame de padrasto, mesmo sendo isso o que ele vai ser. Meu padrasto. Soa horrível.

Uma vez na vida, concordei com a mãe de Júlia.

Quando Gus chegou, eu estava muito atenta vendo como a Lala e o Po se tocavam mutuamente a cabeça, os ombros, os joelhos e os pés ao ritmo de uma música tão pegajosa que entrava no seu cérebro como uma britadeira, impedindo a gente de mudar de canal ou de pensar em qualquer outra coisa.

— Você assiste aos Teletubbies? — me perguntou Gus, em tom de gozação.

— Claro que não — menti —, eu estava zapeando e parei aí sem querer.

Além dos deveres, Gus me trouxe uma notícia bomba: a caxias da Elisenda não queria mais sair com ele. Agora gostava de um menino de um ano acima no colégio. Ele contou como se não se importasse muito ou como se já o tivesse previsto. Em seguida, acrescentou uma coisa que me deixou sem palavras:

— Dá na mesma. Eu só saía com ela porque você não me dá bola.

Nesse momento, percebi que eu começava a ser afetada por um vírus muito ruim. E que não era, exatamente, o da gripe.

Nisso, chegou o grande dia. Um sábado ensolarado que parecia feito sob medida para a ocasião. A primeira coisa que perguntei ao me levantar:

— Posso subir para ver Teresa?

Fazia três dias que a mamãe não respondia nenhuma das minhas perguntas sem o termômetro dela.

— Levanta o braço — ordenou.

Terminei de tomar o café da manhã com o termômetro no sovaco, enquanto Sandrayú nos deleitava com uma compilação de suas melhores palavras:

— *Abiba*, *cololo*, *mimi*, *pexe*, *apatos*, cocô, *minina*...

Ela gostava de repeti-las de vez em quando, como se as estivesse memorizando ou revisando o seu repertório.

Consultado o termômetro, mamãe me deu permissão para ir ver Teresa, que tinha passado a noite na casa de Júlia, para obedecer ao ritual de não ver o noivo nas vinte e quatro horas anteriores à cerimônia.

— O que não significa — se apressou em pontuar mamãe — que você pode ir ao casamento. Vai ser preciso ver como você estará depois do almoço. A febre costuma aumentar à medida que passa o dia.

Teresa e Salvador iam se casar às sete da noite, no jardim de um palácio de trezentos anos. Parece um conto de fadas, mas fica aqui mesmo, no bairro. É um lugar muito bonito em que quase nunca se celebram casamentos, mas o deles foi permitido graças à mediação do pai de Júlia, a quem não há lugar que resista. Como é o cozinheiro da maior parte das festas importantes, além de um dos melhores do mundo, todos lhe dão atenção.

Na casa de Júlia tudo parecia normal, como se aquele fosse um dia qualquer. Estavam todos sentados ao redor da mesa da cozinha, tomando o café da manhã tranqüilamente. A mãe dela tinha feito tortinhas, que eles estavam comendo com nata e caramelo, como tem que ser. Ofereceram-me uma e um grande copo de leite com chocolate. Teresa estava muito bonita.

— É que a felicidade favorece — ela disse —, mas não dá para tirar os méritos da cabeleireira.

A cabeleireira era uma das pessoas que eles estavam esperando. Devia chegar depois do almoço para pentear a família toda, começando pela noiva.

Logo chegaria Cléo para dar os últimos retoques no vestido.

— Estou com vontade de ver você vestida de noiva, mamãe — dizia a mãe de Júlia.

Nós nos olhávamos, preocupadas. Sabíamos que o vestido ia quebrar todos os protocolos. Ela insistia, com a boca cheia de tortinha:

— Você não pode me dar uma pista?

— Digam vocês alguma coisa, meninas — pediu Teresa para Júlia e para mim.

Júlia me passou a responsabilidade só com um olhar. Eu não consegui pensar em nada original para dizer:

— Não parece um ovo frito — respondi.

— Ah, estupendo — continuou ela —, mas o vestido é branco, não? O tradicional. Você vai usar um véu, suponho.

— Bom... não. Muito tradicional não é — respondeu Teresa, antes de se levantar de repente com o pretexto de ter muitas coisas para fazer.

À medida que foi passando o dia, a efervescência da casa foi aumentando. Depois do almoço, todo mundo agia como se estivesse prestes a chegar tarde em algum lugar e, trinta minutos depois, aquilo era um caos.

Júlia veio se vestir na minha casa. Encontrou a minha mãe no momento crucial de consultar o termômetro e emitir seu veredicto sobre o que eu devia fazer. Seguramos a respiração:

— Febre você não tem — disse, com expressão terrível —, mas está espirrando. E com tosse.

Nem se eu estivesse esperando a minha sentença de morte eu ficaria mais calada.

— Pode ir a esse casamento, mas me prometa que vai se agasalhar e que não vai voltar tarde.

Teria prometido nunca mais comer espaguete, se fosse necessário. Que alegria!

A gente quis esperar Lisa para se vestir. Não só porque era importante que fizéssemos isso juntas, mas também porque ela tinha prometido trazer um estojo de maquiagem e se encarregar de nos dar uns toques aqui e ali que nos deixariam mais bonitas. Ela é toda uma especialista. Com Júlia foi um pouco complicado, porque ela renega qualquer tipo de cosmético, mas no final a gente conseguiu convencê-la a desenhar uma linha escura embaixo dos olhos e um pouco de sombra nas pálpebras. Com os lábios não teve jeito.

— Que nojo. Essas coisas são feitas com gordura de baleia.

Lisa demonstrou ser uma verdadeira professora em questões de estética. Rapidinho estávamos as três vestidas e maquiadas.

— Vamos procurar a cabeleireira, para ver o que

ela sugere fazer — disse Júlia, saindo do quarto como quem abre uma comitiva.

Ao nos ver sair, minha mãe pronunciou uma palavra:

— Nossa.

A última cena desta história acontece no pátio, enfeitado para a ocasião, de um palácio gótico do século XVII. O juiz esperava numa espécie de altar — que não era altar, claro, porque a cerimônia ia ser civil. Eram poucos os convidados, todos amigos íntimos dos noivos. A mãe de Júlia procurava respirar o mínimo possível, para que não saíssem voando os botões do vestido dela. Do lado, o marido dizia-lhe ao ouvido que ela estava mais bonita do que nunca. O filho de Salvador estava com eles, vestindo um terno escuro muito elegante e com uma rosa branca no bolso.

Tivemos a oportunidade de ver bem todo mundo porque entramos antes dos noivos, caminhando devagar e mortas de vergonha. Sentamos no lugar que nos tinham determinado e procuramos ficar sérias e não sair do tom. Não foram as três que conseguiram, porque Lisa se aproximou de mim e sussurrou:

— Não estou vendo o Conde Drácula em lugar nenhum, e você?

Tudo aquilo era porque, segundo contou uma vez Salvador, o Conde Drácula — não o dos filmes, e sim o verdadeiro, que era muito diferente e um pouco mau — tinha nascido no país dele. Tive que me esforçar para não começar a rir. Tarefa difícil.

Nosso modelito era composto de uma calça jeans desgastada e uma blusinha. As blusinhas eram de três cores diferentes: verde para Lisa, lilás para Júlia e roxo para mim. Também usávamos sapatos com um pouco de salto. Não sei como não caí de boca durante a nossa entrada triunfal. Também não entendo como consegui conter por todo o tempo minha vontade de espirrar, com a coceira que eu sentia no nariz.

— Agora sim vocês parecem as *Panteras* — nos disse Salvador, sorrindo, já depois do casamento, enquanto posava com as três para uma foto.

Imediatamente atrás da gente entraram os noivos. De mãos dadas e muito sorridentes. Foi a primeira vez que eu vi um casamento em que os noivos entram juntos. Acho, no entanto, que ninguém prestou atenção a esse detalhe. Todo mundo olhava o vestido da noiva com os olhos muito abertos. Até Cléo, que observava, do lugar dela, muito orgulhosa, a sua criação: lá estava o vestido de um vermelho intenso, comprido até os pés e deixando os ombros expostos. O véu era lilás. Os sapatos, verdes. A cabeleireira tinha prendido uma rosa vermelha no cabelo da noiva. Pendurado no pescoço dela, nosso colar. O colar da boa sorte.

Apressei-me em olhar o rosto da mãe de Júlia. Estava boquiaberta, e com os olhos a ponto de saltar para fora. Li os lábios dela. Ao olhar para a noiva, só conseguiu murmurar:

— Ai, minha mãe.

Este livro foi composto na tipologia
Schneidler BT, em corpo 11/15, e impresso em
papel off-white 80g/m², no Sistema Cameron
da Divisão Gráfica da Distribuidora Record.

Seja um Leitor Preferencial Record
e receba informações sobre nossos lançamentos.
Escreva para
RP Record
Caixa Postal 23.052
Rio de Janeiro, RJ – CEP 20922-970
dando seu nome e endereço
e tenha acesso a nossas ofertas especiais.

Válido somente no Brasil.

Ou visite a nossa *home page*:
http://www.record.com.br